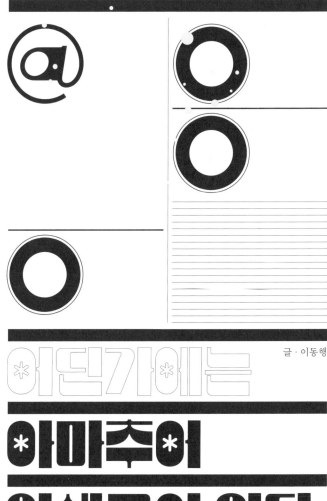

글 · 이동행

어딘가에는

*아마추*어

인쇄공*이 있다.

차례

/ 이야기는 이렇게 시작된다

◎

어린 시절 TV 보기를 즐겼다는 아내는 ⟨How it's made⟩라는 다큐멘터리가 유독 기억에 남는다고 종종 이야기한다. 다양한 공산품의 제작 과정을 보여주는 그 프로그램에서, 슈퍼마켓 아이스크림부터 배드민턴 공, 고무줄, 풍선껌 등 주위에서 쉽게 볼 수 있는 모든 물건이 탄생하는 공정을 하나씩 되짚어가는 일이 무척 재미있게 느껴졌단다. 모든 물건에는 원료가 있고 그 원료를 재료가 될 수 있게 가공하고 나면 액체든 고체든 하나의 덩어리 형태가 되는데, 그 덩어리를 다시 주무르고 거기에 색을 넣어 결국 하나의 상품으로 만드는 과정. 아내는 그런 과정에 유독 흥미를 느끼는 어린이였다.

그 아이가 어른으로 자라서는, 어떤 물건이든 유심히 바라보며 '이건 어떻게 만들어졌을까?'라는 물음을 던지는 사람이 되었다. 그저 질문만 꺼내는 것이 아니었다. 어느 날 아내가 욕실 앞에서 휴대전화로 뭔가를 검색하면서 이렇게 혼잣

말하는 걸 듣기도 했다. "인터넷에서 보니까 사람 양팔 너비만큼 평평하게 넓고 흐물거리는 질감의 하얀 물체를 욕조 모양의 틀에 압착하듯 붙이던데, 그 하얀 물체는 뭘로 만든 걸까… 플라스틱인가? 그러면 그 플라스틱은 어떤 공정을 거쳐서 하얗고 넓은 피자 반죽 같은 모양이 된 거지?"

온 세상을 향한 아내의 호기심은 얼마 뒤 하나의 실천으로 이어졌다. 손뜨개에 취미를 붙인 것이다. 뭐든 마음만 먹으면 내 손으로 물건들을 만들 수 있다는 사실에 두근거린다고 했다. 대바늘, 코바늘, 그리고 실만 있으면 가방, 모자, 바구니, 양말 등을 뚝딱 만들어냈고 그 작품들을 내 머리에 씌워도 보고 발에 끼워도 보며 흡족한 미소를 지었다가 고개를 갸우뚱하기도 했다. 아내는 거기에서 그치지 않았다. 색깔별로 뜨개실을 고르다 문득 흰색 실을 사다 본인이 직접 염색할 수 있지 않을까라는 질문을 떠올렸고, 그 길로 염색법을 찾아 배웠다. 그렇게 작업 공정의 근원을 파고들다 보니 어느새 실을 사서 염색하는 수준을 넘어, 목화를 직접 재배하고 수확해서 그 솜으로 뭔가 만들어야겠다는 이야기까지 이어졌다. 결국 본인의 집(그때는 아직 결혼 전이었다) 베란다 화분에 목화를 키워보겠다고 선언하기까지 이른 것이다.

이쯤 되자 말릴 겨를이 없었다. 그저 이 사람이 대체 어디까지 갈 생각인지 지켜보기로 했다. 얼마 뒤 잘 키운 목화 줄기에서 알밤만 한 목화솜 세 뭉치를 수확해냈다. 전문가 눈에는 '고작 세 뭉치'겠지만, 이 같은 공정을 전혀 접해보지 못한 우리에게는 대단한 결실이 아닐 수 없었다.

아내는 손으로 만드는 일에 대한 흥미를 느끼는 것을 넘어서 그 과정 전체를 알아가고 실행해나가는 데 가치를 두었다. 그 모습을 보면서, 어쩌면 우리가 같이 일을 해나간다면 무엇이든 해낼 수 있으리라는 작은 확신이 들었다. 이러한 모습은 우리가 꿈꾸는 '어떤 삶'의 모습과도 맞닿아 있을 것이었다. 그리고 어느날 아내가 뜬금없이 보여준 '챈들러앤프라이스'라는 기계의 영상으로 우리의 삶은 조금씩 바뀌기 시작했다.

아내와 동료가 되다

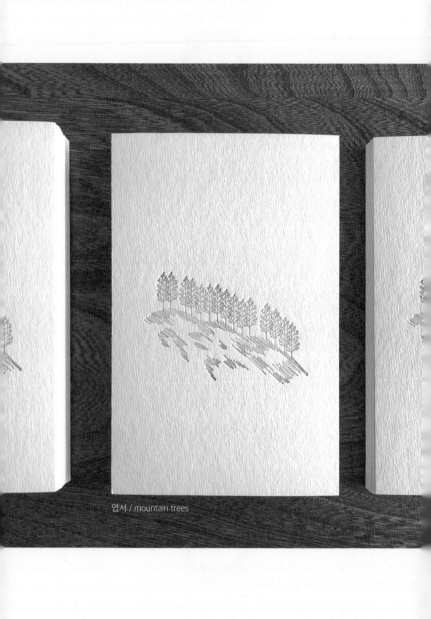

엽서 / mountain trees

◎

문예창작학과를 졸업했지만 게임이 취미였던 나는 직접 나만의 게임을 만들겠다는 욕심으로 3D그래픽 디자인을 독학했다. 몇 달을 고생한 끝에 제법 그럴듯한 이미지들을 만들어낼 수 있었다. 그런데 그 뒤로도 '더 나은 그래픽'에 대한 갈증은 가시지 않았다. 분명 열심히 만들었고 만족스러운 결과물이었으며 그간 프로그램을 다루는 기술도 많이 늘었는데, 뭔가 아쉬웠다. 내 마음은 이미 '그 방향이 아니다'라는 강한 신호를 보내고 있었다.

프로그램 언어만 익히면 내가 상상하던 물건들을 화면 안에서 자유롭게 만들 수 있었고 쉽게 편집도 가능했다. 물리적인 한계가 없다는 점이 가장 큰 매력이었다. 그러나 어느 순간부터는, 모니터 밖으로 끄집어낼 수 있는 무언가를 만들고 싶다는 생각이 머릿속을 떠나지 않았다. 더 나아가 그렇게 모니터 밖으로 나온 제품이 누군가에게 유용하게 쓰이기까지

한다면 정말 뿌듯할 것 같았다.

그 무렵 아내는 내게 자신과 같이 일해보는 게 어떻겠느냐고 물었다. 졸업 후 아내와 같이 있는 시간이 많아지면서 종종 동업에 대해 이야기를 나눠왔지만 엄두가 나지 않았다. 그럼에도, 같이 할 일이 딱히 정해진 것도 아니었는데도, 아내는 과감히 결단을 내렸다. "아니, 잠깐만. 무슨 일을 같이 하자는 건데요?" 이 질문에 아내는 이렇게 답했다. "잘은 모르겠고, 일단 여기로 출근할게요."

그 길로 나는 본래 준비해오던 게임 포트폴리오를 접었다. 무모하게 들렸지만 아내의 판단을 믿었다. 일단 아내는 사회적 기업에 대해 이야기했다. 어차피 돈을 벌어야 한다면 사람들에게 도움이 되는 일을 하고 싶다고 말이다. 하지만 사회적 기업이라는 타이틀을 얻기 위한 명목으로 사업을 벌이는 이들이 적지 않다는 것을 알게 되면서 회의감이 들었고, 사회적 기업뿐 아니라 여러 다른 종류의 기업들이 사람들에게 도움을 주고 있다는 것도 알게 되었다. 우리는 회사의 성격에 얽매이기보다는 '사람들에 좋은 영향을 미치는 일을 하자'라는 생각을 잊지 말자고 다짐했다.

이런 모호한 구호만을 합의한 채, 그해 10월 우리는 같이 일하기로 선언했다. 컴퓨터 프로그램이라면 아래아한글과 파워포인트밖에 모르던 아내는 그날부터 내 자취방으로 출근해 다양한 프로그램을 배우기 시작했다. 내 컴퓨터에는 그간 3D그래픽 디자인을 공부하며 설치해둔 디자인 관련 프로그램이 많았다. 그중에 일러스트레이터와 포토샵은 디자인을 하는 사람이라면 꼭 익혀야 하는 기본적인 프로그램이었으니, 우리는 이것들을 하나씩 공부하기 시작했다. 작업에 조금씩 익숙해질 무렵 아내는 달력을 만들어보겠다고 했다. 결과물은 다소 기이해 보이는 달력. 숫자와 요일을 본인이 직접 쓰고 그려서 이를 칸마다 하나씩 배치해 A4 용지에 인쇄한 것으로, 따지고 보면 우리가 동업을 선언한 뒤 만든 첫 작품이었다.

아내는 자신의 결과물에 만족해하며 이를 내 앞에 슬쩍 들이밀었다. 이제 내가 평가할 차례였다. 당시 내가 얼마나 난감했는지를 돌이켜보면 지금도 식은땀이 난다. 자취방은 5평 남짓 작은 공간이었고 답변을 피할 수는 없었다. 뜸을 들이는 내 표정이 썩 마뜩지 않았는지 아내는 "왜? 이상해요?"라고 하며 마스킹 테이프를 주욱 잡아당겨 뜯고는 본인이 만든 달력을 벽에 붙였다. 당장에 내가 답변해야 하는 상황은 모면했지만 그건 누가 봐도 분명히… 하지만 아내는 이 말줄임표의 숨은 뜻을 알지 못하는 눈치였다.

이 같은 우여곡절 끝에 앞으로 디자인은 내가 맡고 아내는 그 디자인의 디렉팅을 맡기로 결정했다. 아내는 본인이 직접 디자인 실무를 맡진 않았지만 자신의 안목을 토대로 우리 작업의 기틀을 잡아주었다. 화려하고 꾸밈이 많은 것을 좋아하는 나와 달리 아내는 모던하고 정갈한 디자인을 선호한다. 그럼에도 같은 점 한 가지는 모니터에 있는 걸 현실로 끄집어내서 실제 눈앞에서 보고 싶어 한다는 것이었다.

아내는 나의 그림들을 어디에 어떻게 담아내야 할지를 주로 고민했다. 왜냐하면 우리가 갖고 있는 것은 A4 복사용지 그리고 가정용 프린터가 전부였기 때문이다. 프린터로 과제나 논문의 검정색 글자만 뽑아봤던 우리에게 인쇄라는 것은 미지의 영역이었다. 그렇게 인쇄라는 세계에 한 발 한 발 내디디면서 옵셋, 리소 등 다양한 형태의 인쇄 방식을 알게 되었다.

그러던 어느 날 아내는 내게 어떤 영상 하나를 보여주었다. 영상 속에서는 한 사람이 커다란 기계 앞에 서 있었다. 그는 마차의 바퀴 같은 휠을 손으로 돌리고 발을 쿵작쿵작 구르면서 한 장 한 장 종이를 넣어 그 종이 위에 뭔가를 찍어내고 있었다. 아내는 그것이 '레터프레스'라는 기법의 인쇄 방식이라고 했다. 아내의 목소리에는 오랫동안 찾아온 뭔가를 발견했다는 반가움이 담겨 있었다. 인쇄 방식도 그렇지만, 저런 큰 기계를 발로 구르며 움직이는 모습이 무척 인상적이라고 했다. 내게도 그 장면들은 특별해 보였다. 거대한 기계와 한

몸이 되어 박자에 맞춰 뭔가를 생산해내는 모습이 한동안 머릿속에 맴돌았다. 혼자 있을 적에도 그 영상을 자주 돌려 보았다. 저건 도대체 뭘 하는 기계일까, 그저 종이 한 장을 찍는데 왜 저렇게 큰 기계가 필요한 걸까, 기계를 구르고 있는 사람의 뒷모습은 왜 이리도 아름다울까. 그것이 알고 싶어졌다. 그렇게 우리는 레터프레스를 공부하기 시작했다.

'우연'이 만들어낸 길

책갈피 / snow village

◉

지금도 마찬가지지만 처음 레터프레스를 시작할 때는 어디서 마땅히 배울 곳도 없었고, 단계적으로 밟아나갈 온라인 강좌가 있는 것도 아니었다. 막연히 시간을 쏟아야 했고 몸소 부딪치며 알아가는 수밖에는 없었다.

그 당시 나는 우리의 삶보다 일을 우선시했다. 언제까지고 부모님의 지원을 받으면서 살 수는 없겠다고 생각했기 때문이다. 되도록 빨리 경제적으로 독립하고 싶었다. 그러면서 심리적으로 쫓기고 있었던 것 같다. 그런데 아내는 나보다 좀 더 큰 생각을 품고 있었다. 일을 잘해나가는 것도 중요하지만 우리에게 주어진 환경에서 삶을 어떻게 살지를 더 많이 고민하는 듯했다.

아내는 지금도 종종 '어떤 일을 하든 상관없다'는 식의 말을 꺼낸다. 그럴 때면 나는 그래도 한 가지 일을 꾸준히 10년은 해봐야 하지 않겠느냐고 응수한다. 이에 대고 아내는 10

년 동안 레터프레스만 할 거냐고 되묻는다. 그러면서 이 일을 겸해서 다른 일도 충분히 할 수 있다고 말한다. 가령 작은 찻집을 운영하게 된다면 그 공간에서 우리의 작품을 팔 수도 있지 않겠느냐고. 아내는 삶이 마치 오케스트라 같다고 말한다. 하나의 악장을 위해 여러 개의 악기가 각자의 멋진 소리를 내듯이, 우리의 삶이라는 악장에서 레터프레스가 하나의 악기인 것 같다며 말이다. 그중에서도 레터프레스는 지휘자와 가장 가까운 곳에 있는 제1바이올린 아니겠느냐며 말이다. 이렇듯 내가 삶보다 일을 앞세우려고 할 때, 아내는 우리가 살아가야 할 삶을 되짚어준다.

레터프레스라는 인쇄를 시작하게 된 이유야 여러 가지겠지만 그 이유들은 시간이 지난 뒤에 붙여진 의식적인 의미 부여일 뿐이다. 솔직히 말해 그 당시 우리를 이끌었던 것은 '우연'이었다. 어떤 대단한 뜻이 있어서 레터프레스라는 업을 시작한 것은 아니었다. 다만 아내와 나는 한 가지 같은 생각을 하고 있었다. 우리의 삶이 어떠한 과정 속에 놓여 있음을 받아들이기로 했다는 것이다. 그 과정이 무수한 실패의 연속일 수도 있겠다고 생각했다. 아내는 '누구나 한 번쯤은 망한다. 언제 어떻게든 망할 수 있는 게 삶이고 인생인데 뭐든 해보자. 두 손 두 발 다 있고 머리도 있는데 못 할 게 뭐 있느냐'라는 당참을 보여줬다. 그 말을 던지며 씰룩이는 아내의 짙은

눈썹을 보니 난감하면서도 한편으론 위안을 얻었다.

　우리는 서로가 잘할 수 있는 일을 되짚어보았다. 내 경우에는 부끄럽지만, 대학 시절 수업이 지루해지면 공책에 종종 낙서를 하곤 했다. 졸업하고 보니 필기한 내용보다 낙서가 더 많았다. 어떤 노트에든 수없이 그림을 그렸다는 것은 아내가 내 책장의 공책들을 우연히 들춰보면서 드러났다. 그 전까지 아내는 내가 이렇게 많은 그림을 그리는 사람인 줄 몰랐단다. 어이없다는 듯 웃음을 터트리더니 이렇게 말했다. "무슨 낙서가 이렇게 고퀄리티예요?" 그러고는 사뭇 진지하게 낙서들을 하나씩 살펴보았다. 그러더니 나를 보며, 확실히 그림을 잘 그리는 것 같다고 말했다. 누구나 그림을 그릴 수 있고 다만 각자의 스타일이 조금씩 다를 뿐이라고 생각해오던 나는 아내의 칭찬을 그리 진지하게 받아들이지 않았다. 그러나 아내는 나와 생각이 달랐다.

　아내는 내 낙서들이 아깝다면서 그것들을 어딘가에 담아내고 싶어했다. 엽서, 공책, 물컵 등 어디에 그림을 담아낼지에 대해 중구난방 이야기들이 나왔다. 처음 생각했던 것은 그림엽서였다. 그때 당시엔 엽서를 만드는 일이 그림을 그려 스캔한 다음에 프린터로 출력만 하면 되는 일이라고 쉽게만 생각했다. 하지만 프린터기로 출력해본 결과 인쇄의 질이 형편없었다. 모니터상에서는 분명 색도 명확하고 진한데 출력만

하면 검정색은 진회색처럼 보였고 다른 색들도 마찬가지였다. 검색해보니 전문가용 모니터가 따로 있었고, 프린터와 모니터 사이에서 색을 맞춰주는 캘리브레이션이라는 장비가 필요했다. 잉크가 8~12가지나 되는 프린터가 있다는 사실도 알게 되었다. 물론 그 프린터의 가격은 도저히 우리가 넘볼 수 있는 액수가 아니었지만 말이다.

사실 엽서 제작은 인쇄소에 맡기면 간단히 해결될 일이었다. 하지만 그때 당시 우리는 엽서 '사업'을 벌여야겠다고 생각한 것이 아니었다. 단지 '우리 둘이 일을 하자. 근데 뭘 하지? 뭘 할 수 있지?' 같은 다소 대책 없는 상태였을 뿐이다. 그래서 우리가 지금 무엇을 할 수 있는지 알아가는 과정에서 이것저것 찾아보고 직접 만들어보았을 뿐이다. 다시 생각해보면 그 시절 나와 아내는 손수 뭔가를 만들어가는 과정에 흥미를 느끼고 소비의 주체가 아닌 생산의 주체로서 세상을 바라볼 때의 흥미진진함을 즐겼던 것 같다.

당장 아르바이트를 해서라도 고가의 장비를 구비해야 하나 조급함이 들었지만 사실 우리에게 필요했던 것은 고가의 장비보다는 인쇄에 대한 공부였다. 다양한 인쇄 방식을 알아보고 공부하는 동안 나는, 디지털로 그림을 그리는 것에 익숙해지기 위해 생각나는 대로 컴퓨터 화면을 도화지 삼아 그림을 그렸다. 종이에 그림을 그리고 스캔하면 나중에 출력물이

내가 생각했던 것과는 달랐기 때문에, 컴퓨터 화면을 통해 그림을 그리는 게 낫다고 보았다. 3D그래픽 디자인은 익숙했지만 그림을 그다지 많이 그려보진 않았기 때문에 그래픽 툴에 익숙해지는 시간도 필요했다.

그렇게 어리숙한 상태에서 스케치를 마치는 족족 아내에게 보여줬다. 아내는 내 그림이 어수선해 보일 때가 있으니 되도록이면 선을 많이 쓰지 말아보라고 권했다. 그 뒤로 나는 '단순한 그림'에 대해 고민하기 시작했다. 솔직히 당시에는 단순한 그림을 그릴 자신이 없었는지도 모른다. 그때까지도 나는 단순한 것보다는 뭔가 좀 화려하고 '있어 보이는' 그림에 애착이 있었다. 엉덩이를 진득하니 붙이고 며칠은 작업해야 그만큼의 노력으로 좋은 작품이 나올 거라는 믿음이 있기도 했다. 그러나 아내는 그런 내 속내를 알았는지 종종 이렇게 못을 박았다. "단순해야 명확하고 전달력이 있어요."

어떤 그림을 그려야 할지 고민한답시고 빈둥거리던 내게 아내는 또 이런 말도 건넸다. "너무 고민에 빠져 있지 말고 오빠가 그리고 싶은 걸 단순하게 표현해봐요." 그 말은 또 내 입장에서 얼마나 얄밉게 들리던지… '그럼, 당신이 그려보든가'라는 말이 목울대까지 차올랐다. 하지만 어차피 그려야 하는 것은 나고, 그림은 내 일이었다.

한참이 지난 뒤에야 깨달은 사실이지만 아내의 말이 맞았다. 내가 그리고 싶은 걸 그려낼 때 가장 좋은 그림이 나왔다. 작업이 오래 걸리든 금세 끝나든 그 시간에 구애받지 말고, 낙서하듯이 편한 마음으로 그려야 한다. 그러한 깨달음에도 불구하고 그 당시 그림을 그릴 때는 번번이 힘이 빠지곤 했다. 내가 그려낸 결과를 어디에 어떻게 담아낼지를 그때까지도 결정하지 못했기 때문이다. 그림체를 바꿔보기도 하고, 조금 두꺼운 종이를 사서 인쇄해보기도 했다(이때는 종이가 걸려서 프린터가 망가질 뻔했다). 결론은 가정용 프린터로는 어림없다는 것이었다.

그리하여 우리는 레터프레스 인쇄 기법을 더욱 적극적으로 염두에 두기 시작했다. '챈들러앤프라이스.' 순전히 그 거대한 기계를 보고 매료되었던 처음과는 달리, 이제는 우리의 생각을 구현해주는 실제의 기계가 필요해진 것이다.

레터프레스? 프레스!

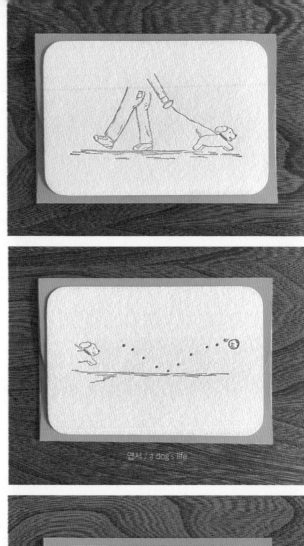

엽서 / a dog's life

◎

레터프레스(letterpress)가 무엇인지 아느냐는 질문에 사람들은 여러 반응을 보여준다. 출판 분야에서 일한 분들은 본래 레터프레스가 활판인쇄(活版印刷)를 가리키는 말임을 알고 있다. 여기서 활판이라는 것이 반드시 금속판을 가리키지만은 않기에, 어떤 이들은 팔만대장경 같은 목판인쇄술을 떠올리기도 한다. 어쨌거나 지금 시대의 레터프레스는 금속활자로 한 글자씩 본을 떠 만든 활판인쇄를 통칭한다.

불과 1960, 70년대까지만 해도 활판인쇄는 우리나라에서 활발히 사용되었지만 80년대에 들어 디지털 출판 기술이 발달하면서 급속도로 사양세에 접어들었다. 이렇다 보니 80, 90년대에 태어난 우리 부부로서는 레터프레스가 더욱 생경하고 신기해 보일 수밖에 없었다. 사람 손으로 한 장씩 종이를 넣어가며 잉크의 색은 어떤지, 그 양은 적당한지, 위치는 올바르게 맞아떨어지는지 등을 확인하며 작업하는 일은 너무나 번거로워 보였다. 이렇게 비효율적인 인쇄를 몇백 년 동안 해왔다니. 마치 산업혁명 시기에나 쓰였을 법한 엄청나게 큰, 주물로 이루어진 수백 킬로그램 단위의 거대한 기계를 불과 30년 전까지만 해도 사용했었다는 사실이 믿기지 않았다. 우리 작업실 한 편에 있는, A4 용지만 넣으면 글자들이 선명하게 그려져 나오는, 채 세 뼘도 되지 않는 플라스틱 프린터 같은 디지털 기기들이 왜 '혁명'이라 불렸는지 알 것도 같았다.

그러나 그 '번거로움'이 어느 순간 매력적으로 다가왔다. 버튼만 누르면 인쇄가 되는 세상에서 잉크를 조색해 판에 묻혀 종이에 찍어내는 그 공정이 특별해 보였다. 이처럼 뭐든 빠른 세상에서 한 땀 한 땀 차근차근 해내는 일이라니, 매력적이지 않은가.

인쇄(press)라는 용어는 판에 잉크를 발라 '눌러' 찍어 책과 신문을 펴내던 시절부터 쓰였다. 그래서 이 말은 인쇄뿐 아니라 '출판' '언론'을 뜻하기도 한다. 인쇄는 크게 평판, 볼록, 오목 인쇄로 나뉘는데 그중 레터프레스 즉 활판인쇄는 볼록인쇄를 가리킨다. 말 그대로 금속을 주조할 때 이미지나 글자의 부분만 남겨두고 나머지 부분은 모두 파내어 볼록한 부분으로 인쇄하는 방식이다. 예전에는 활자들을 하나하나 주조했고 주조공이 따로 있었다. 당시에 인쇄는 주조공, 문선

공, 식자공, 인쇄공 등 많은 전문가들의 노하우를 거쳐야 하는 일이었다. 그러나 다양한 전문가들과 인쇄술을 필요로 했던 인쇄의 공정들이 이제는 컴퓨터 프로그램 몇 가지로 가능해졌다.

우선 스케치는 프로크리에이트라는 프로그램으로 한다. 연필, 지우개, 종이, 물감 등 준비물이 없어도 태블릿 PC와 플라스틱 펜 한 자루만 있으면 쉽게 그림을 그릴 수 있다. 좀 더 세밀한 작업이 필요할 때는 정교한 그림에 맞는 디지털 장비를 사용하고 구성과 배치 같은 작업을 할 때에는 일러스트레이터 프로그램을 써야 한다.

특히 동판 제작을 위해서는 반드시 일러스트레이터 파일이 필요하다. 다시 말하면 스케치의 결과물이 '벡터'로 만들어진 작업물이어야 하는 것이다. 이제 우리의 을지로 선배 장인들은 'ai'라는 확장자가 붙지 않은 파일은 받아주지 않는다. 이미 디자인 관련 산업은 거의 일러스트레이터로 소통을 한다고 봐도 무방하다. 봉투 제작을 위한 목형 디자인이든, 스티커 제작을 위한 디자인이든, '디자인'이라는 말만 붙으면 디지털 작업이 선행되어야 한다.

레터프레스의 또 다른 매력은 색을 만들어가는 데 있다. 우리가 직접 눈으로 보고 지각하는 색은 모니터상에서 보는 색과 다르다. 노란색, 누런 색, 누르스름한 색 등 'yellow'를 표현할 수 있는 색은 매우 다양하고 실제로 직접 조색해보지 않는 이상 그 결과물의 색을 가늠할 수 없다. 이와 더불어 어떤 종이에 색이 얹히느냐에 따라서도 그 느낌이 제각각이어서 색의 영역은 실제로 무한에 가깝다. 찍어봐야 알 수 있고, 그 결과물을 보고 '색이 마음에 들지 않으면' 다시 해야 한다. 색이 마음에 들지 않는다는 것은 제품 디자인의 전반적인 느낌을 좌우하므로 결과물을 직접 눈으로 보기 전까지는 좌불안석이다. 어쩌면 나 같은 디자이너가 하는 일이라는 건, 디자인한 것과 실제 결과물 사이를 좁혀가는 일이 아닐까 싶다.

나와 아내가 레터프레스의 매력을 느껴갈 무렵, 우리는 국내외 다양한 레터프레스 제품을 살펴보았다. 주로 엽서, 포스터, 판화류였는데 우리는 그중 크기가 작은 엽서들에 눈길이 갔다. 우선은 판화나 포스터를 만들 만큼의 역량이 없었고 엽서는 시도해볼 만하다고 생각했다. 또한 두꺼운 종이에 찍힌 '압 표현'이 마음을 사로잡았다. 2차원의 평면 종이에 입체감이 더해지니 작품들이 더욱 생생하게 다가왔다. 당시 우리는 레터프레스를 '압을 넣어 인쇄하는 특별한 기법'이라고 생각했다. '저렇게 두꺼운 종이에 압을 넣으려면 기계가 크긴 커야겠네'라며 말이다(하지만 이는 지금의 눈으로 보면 편견에 불과하다).

이 글을 쓰는 지금, 우리가 작업하는 기계는 100년이 다

되어가는 투박하디 투박한 고철 덩어리로, '아다나'라는 이름의 작은 '테이블탑 프레스'다. 말 그대로 책상 위에 올려놓고 쓸 수 있는 기계지만 그 무게가 상당하다. 전체가 주물로 만들어져서인지 튼튼하고 100년의 세월이 지났음에도 멀쩡히 잘 움직인다. 작업을 하다가도 이 녀석의 내구성에 새삼 놀라곤 하는데, 기름칠만 잘해주면 앞으로도 100년은 더 쓸 수 있을 듯이 튼튼하다. 부품들도 큼직해 고장이 나면 수리도 쉽게 되어 있다.

요즘은 다양한 기능이 담긴 디지털 인쇄기들이 가성비 측면에서 주목받는다. 그러나 그 제품들은 한 가지 기능이 고장나면 다른 모든 기능을 쓸 수 없게 되어 있다. 그러나 아다나 같은 옛날 기계는 한 가지 기능만을 한다. 이는 '사람이 오류가 나면 났지, 이 녀석이 오류가 나서 오작동할 일은 없지 않겠는가'라는 묵직한 신뢰감을 준다. 또한 주물 기계는 정직하다. 사람이 힘을 준 만큼 움직이고, 신경을 써서 기름칠해준 만큼 날렵해진다. 설계 또한 기계를 다루는 사람이 충분히 이해할 수 있게끔 되어 있다.

아다나는 엽서, 명함류를 찍는 대표적인 소형 프레스다. 우리는 본래 수백 킬로그램이나 되는 '챈들러앤프라이스' 같은 대형 프레스 기계에 매료되었지만, 가격도 가격이었고 그 기계를 둘 곳도 마땅찮았다. 그래서 우리의 작은 작업실에 두고 쓸 수 있는 기계를 골라야만 했고 아다나가 딱 적당했다.

처음에는 두꺼운 종이라면 무엇이든 '압'이 예쁘게 표현되는 줄 알았다. 아다나를 들이고 처음 실험해보았던 것은 택배 박스 용지였다. 기계에 종이를 올리고 힘을 주자마자 박스는 찢어지고 터졌다. 일반 시중의 두꺼운 도화지 역시 압이 조금만 강해지면 터졌다. 왜 자꾸만 찢어지고 터질까? 우리가 영상으로 보았던 두꺼운 종이들은 대체 뭐지? 넣는 족족 종이들이 찢어질 때마다 우리는 망연자실했다. 나중에 안 사실이지만 우리가 영상으로 접했던 수많은 레터프레스 작품은 조금 특별한 종이로 만들어졌다. 그러나 그 당시 우리에게 종이란 반짝거리는 비닐과는 달리 잘 찢어지며, 글씨가 잘 쓰이는 도구일 뿐이었다. 이런 우리에게 종이란 또 다른 미지의 영역이었다.

응지온 방문기

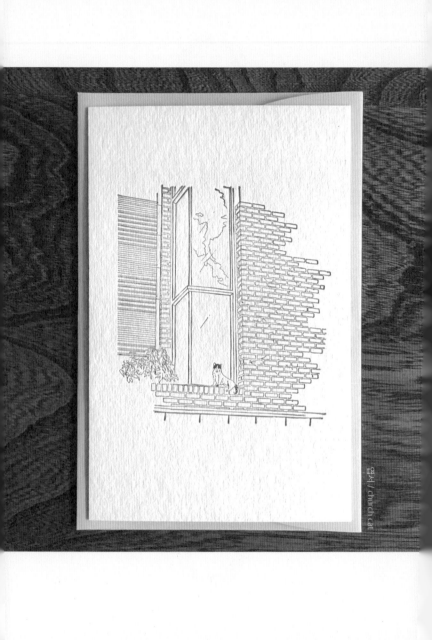

교회 / church cat

◎

프레스 기계는 샀는데 이를 어떻게 써야 잘 쓰는 것인지도 모르겠고 그렇다고 정작 종이에 대해서도 아는 게 없으니 고민이 깊어졌다. 해볼 만하고 만만해 보였던 엽서 만들기가 연이어 난관에 부딪혔다. 그즈음 우리는 정처 없이 표류하고 있었다. 하지만 답은 분명했다. 무엇인가 찍으려면 종이가 있어야 하고 어떤 종이가 필요한지 알아야 할 것 아닌가. 그때부터 종이의 세계를 하나씩 들여다보기 시작했다. 레터프레스, 그러니까 두꺼운 종이에 압을 표현하려면 어떤 종이가 적합한지를 알아야만 했다.

일단 인터넷을 뒤적여봤다. '인쇄 용지' '인쇄 종이'라는 검색어 아래로 수많은 정보가 나열되었다. 종이는 그 종류도 많을뿐더러 쓰임새도 다양했다. 그도 그럴 것이 화장품 포장 상자만 보더라도 종이요, 약국의 수많은 약들도 종이에 싸여 있지 않은가. 실로 종이의 세계는 무궁무진했고, 알아갈수록

'이건 어디에 쓰이지?' '와, 이걸 이런 종이로 만들었다고?' 하며 놀라게 되었다.

종이를 만드는 회사 또한 많았고, 그 각 회사가 이름을 붙인 종이 브랜드도 다양하게 포진되어 있었다. 그때 미리 접했던 정보는 단 하나. 바로 한국에서 '레터프레스' 하면 가장 많이 쓰이는 종이가 독일 그문드사의 '그문드코튼 600그램' 용지이고 이는 국내에서도 구매가 가능하다는 사실이었다.

그렇다면 본격적으로 종이를 구해볼 차례다. 다들 '인더페이퍼'라는 판매점에서 구입한다고 하니, 우리도 그곳의 사이트에 들어가서 4절 사이즈의 그문드코튼 600그램 용지를 주문했다. 대체로 600그램의 종이들은 두께가 1밀리미터 정도 된다. 100퍼센트 코튼, 즉 순면 옷감과 같은 성분으로 만들어졌기 때문에 강한 압력에도 찢어지거나 터지지 않아 레터프레스용으로 많이 쓰인다. 그만큼 값이 제법 나가기 때문에 많은 양을 사기에는 부담스럽다. 그 전에 구입하던 종이와는 가격 면에서부터 차이가 났다.

그문드코튼 말고도 비교적 저렴한 레터프레스용 종이들을 여러 브랜드별로 주문해보았다. 당시엔 회사별, 이름별로 구분된 종이들이 각기 어떻게 다른지 알지 못했다. 나무 무늬, 한지 등 텍스처가 확연히 뚜렷한 종이를 제외하고는 이름과 두께, 색만 달라 보였다. 특히 흰색 종이의 경우는 인터넷

화면상으로는 정말 구분하기 어려웠으므로, 비교 차원에서 일단 여러 종이를 공부할 겸 장바구니에 넣었다.

며칠 뒤 종이가 왔다. 실제로 보니 600그램 종이는 생각했던 것보다 훨씬 두꺼웠다. 세상에 이런 종이가 있다니! 처음 600그램 용지를 봤을 때는, 레터프레스용 종이가 아니라 업체에서 배송 중에 본 제품이 구겨지지 말라고 넣어주는 보충재 아닌가 생각할 정도였다. 믿기지 않을 정도로 두꺼웠지만 그만큼 매우 이색적이었다. 촉촉한 느낌의 감촉이 좋았고 부드러웠으며, 적당히 푹신하면서도 단단했다. 신비한 느낌의 종이였다. '역시 비싼 종이는 다른 건가!'라고 감탄하며 같이 온 종이들을 살펴보았다. 인터넷상으로 보는 것과 색이 많이 달랐고 느낌도 천차만별이었다. 그제야 깨달았다. 종이는 직접 가서 눈으로 보고 만져본 뒤에 구매해야 한다는 사실을.

종이가 왔으니 이제 이것들로 엽서를 만들어볼 차례였다. 보통의 엽서 사이즈인 가로 100밀리미터, 세로 150밀리미터로 재단해보기로 했다. 며칠 전 문구사에 들러 사두었던 두꺼운 쇠자와 커터 칼을 손에 들었다. 종이가 잘 잘린다고 하여 가격대가 조금 더 높은 칼을 사두었으므로, 두께 1밀리미터에 육박하는 그문드코튼 600그램 용지에 자신 있게 첫 칼집을 내었다.

그 결과는? 말 그대로 칼집만 났다. 종이가 전혀 잘리지 않은 것이다. 여러 번 힘을 주어 칼을 그어대니 겨우 잘리긴 했다. 하지만 잘려나간 단면의 모양새가 정말 형편없었다. 단면 곳곳이 벌어지고 찢어진 채였다. 왜 그럴까. 쇠자를 대고 칼날을 대면 칼이 내리 그어지는 길을 따라 종이가 부드럽게 잘려나가야 하는데… 실제로는 아무리 힘을 세게 주어도 종이는 아랑곳없이 쇠자가 튕겨나갈 뿐이었다.

다시 한번 해보자. 아내가 쇠자의 위쪽을 온 힘을 주어 눌렀고 나는 무릎으로 아래쪽을 지지하며 칼질을 해댔다. 그럼에도 불구하고 종이는 제대로 잘리지 않았다. 오히려 힘을 세게 주다가 각각의 힘들이 어긋나면서 종이가 사선으로 잘리는 식이었다.

우여곡절 끝에 그문드코튼 4절 사이즈 한 장을 엽서 사이즈 10장으로 재단해냈다. 재단된 단면은 울퉁불퉁했고 형편없었다. 이런 질의 재단으로는 도저히 인쇄할 수 없다는 것은 분명했다. 혹여라도 우리의 힘과 기술이 늘어서 손수 재단하는 실력 또한 향상된다 하더라도 한두 장이 아니라 100장, 1000장을 만들어낼 생각을 하니 까마득해졌다.

칼의 성능이 문제인가 보다! 당시에 우리 생각은 그랬다. 그래서 티타늄 재질의 커터 칼, 롤링 칼 등 성능이 좋다는 칼은 모두 하나씩 사서 써봤다. 결론부터 이야기하자면 어떤 칼로 자르든 600그램을 손수 자르는 것은 쉽지 않았다. 결과는 다를 바 없었다. 터지고 찢어졌다. 아무리 좋은 커터 칼이어도 두께가 1밀리미터에 달하는 종이를 사람의 손으로 정교하게 자르는 것은 불가능했다. 다시 인터넷을 검색해보니, 이 정도 두께의 종이를 정교하게 자르기 위해서는 커다란 재단기가 필요했다. 그 재단기는 집에 둘 수도 없을 정도로 거대했고 가격도 자동차 한 대 값이었다. 그래, 저렇게 큰 기계라면 전문업체가 있겠다 싶었다. 혹시나 하는 마음에, 당시 우리가 살던 동네의 인쇄소에 문의해보니 그런 재단기가 있었다! 하지만 그 업체에서는 소량 재단은 해주지 않는다고 했다(대개의 인쇄소는 이처럼 개인이 소량으로 요청할 시에는 재단해주지 않는다).

레터프레스 작업 과정 중에서 가장 중요한 공정은 무엇일까. 바로 '재단'이다. 이에 대해서는 이견이 있을 수 있다. 어떤 종이를 선택하느냐에 따라 인쇄된 색, 깊이, 느낌이 달라지기 때문에 '종이'의 선택이 가장 중요하다는 식으로 말이다. 그 말도 일리가 있지만 우리 같은 수공업자들은 이런 질문 앞에서 제품의 단일한 크기라는 그 엄밀한 기준을 떠올릴 수밖에 없다. 그러니 레터프레스 공정에서 가장 중요한 것은 단언컨대 재단이다.

여기서 레터프레스가 일반 인쇄와 다른 점이 드러난다. 그 차이는 바로 '재단을 하고 인쇄를 한다'는 것이다(그에 반해 대량 디지털 인쇄의 경우, 작은 사이즈의 이미지들을 전지 크기에 배열을 맞춰 인쇄하고 그 뒤에 재단에 들어간다). 레터프레스 작업의 첫 준비물은 우리가 인쇄하고자 하는 제품과 동일한 사이즈의 종이다. 가령 가로 100밀리미터에 세로 150밀리미터인 엽서 100장을 만든다고 해보자. 이때 100장의 종이가 모두 동일한 사이즈로 재단되어야 한다. 만일 사이즈에 미세하게라도 오차가 생기면 인쇄가 제대로 되지 않는다. 종이를 한 장씩 일정한 틀(우리는 이를 '핀'이라고 부른다)에 넣어 찍는 공정이다 보니, 고정된 핀에 들어가는 종이의 사이즈가 들쭉날쭉할 경우에는 동일한 인쇄 품질을 얻기가 매우 힘들다. 종이의 '재단'이 중요한 이유가 여기에 있다.

그리하여 결국 우리가 찾은 곳은 대형 재단기를 갖춘 전문 재단소였다. 검색과 검색 끝에 우리는 서울 을지로가 '인쇄의 메카'라는 사실을 알아냈다. 을지로 '인쇄 골목'에는 인쇄, 재단, 제본, 동판 제작 등 인쇄와 관련된 모든 일이 이뤄지고 있었다. 일단 그곳을 찾아가보기로 했다. 우리가 종이를 구입했던 인더페이퍼가 그 골목 근처에 있으니 종이도 고르고 재단집도 한 군데 알아보자는 심산이었다.

　드디어 그날, 우리는 계획한 대로 인더페이퍼에 들러 종이를 골랐다. 그때까지는 좋았다. 일단 종이를 사서 재단집을 찾아보자는 우리의 계획은 순조로워 보였다. 그렇게 종이 구입을 마치고 인쇄 골목으로 향했다. 그러나 인쇄 골목의 첫인상은 우리의 심경을 복잡하게 만들었다. 천장이 머리에 닿을 것만 같은 낮고 좁은 공간의 가게들이 다닥다닥 붙어 골목을 이루고 있었다. 오래된 크고 작은 간판들은 장구한 역사를 전시하듯 줄을 지어 걸려 있었다. 한눈에 봐도 정말 오래된 가게들이었다. 그 가게들을 하나씩 둘러보는 재미는 있었지만 왠지 모르게 접근하기 어려운 분위기가 풍겼다. 빛이 잘 들지 않아 어두침침한 곳도 많았다. 다섯 평 남짓한 가게에 꽉 들어찬 육중한 기계들이 쉴 틈 없이 움직이면서 쇠와 쇠가 부딪히는 기계음이 골목을 가득 메웠다. 특대 사이즈의 마대자루를 가득 메우고도 모자라 바닥에 한 가득 버려진 자투리 종이들과 그 사이를 분주히 움직이는 사람들. 골목 골목에 작업장이 정말 많았다. 우리는 감히 이 꽉 찬 삶의 분주함을 뚫고 들어갈 자신이 없었다.

　그래도 일전에 인터넷으로 알아봤던 재단집이 있지 않나. 우리는 왠지 모르게 구부정히 움츠러든 채로 발길을 돌렸다. 조금이라도 살펴본 곳이니 '알아보고 왔는데요'라며 운이라도 뗄 수 있을 거란 마음에서였다. 그러나 막상 그곳에 가보니, 우리가 알아봤던 재단집은 그 자리에 있지 않았다. 가게 현관에는 이사를 갔다며 약도 한 장이 붙어 있었고 불은 꺼져 있었다. 어쩔 수 없이 우리는 그 약도가 그려진 골목으로 향했다. 그러나 그 골목은 개미굴같이 복잡했고 결국 우리가 미리 알아본 그 재단집은 찾을 수가 없었다.

그 골목을 빠져나와 잠시 숨을 골랐다. 어떻게 해야 하나. 그러던 중에 아내가 호기롭게 말을 꺼냈다. "이렇게 재단집이 많은데 우리를 받아주는 곳이 한 곳이라도 있겠지요!" 그러나 용기가 가상할 뿐, 실상 주저되는 것이 사실이었다. 우리 손에 들린 종이들은 그곳의 생태계에서는 소량 중에 소량이었다. 기계 소리로 시끄러운 재단집 앞이며, 분주히 움직이는 오토바이에 실린 종이 더미를 보고 있자면 주눅이 드는 게 이상할 것도 없었다. 저런 재단집에서 종이를 잘라 달라고 말하려면 대량으로 종이를 가져가야만 할 것 같았다. 우리가 아니어도 이미 너무 바쁜 분들이었기 때문에 '귀찮아하면 어떡하지?'라는 마음도 있었다. 모쪼록 호기롭게 나서기는 했지만 우리 손에 들린 4절 종이는 정말 너무 초라하기 그지없었다.

일단 우리는 당장 눈에 들어온 재단집으로 향했다. 가서 물어나 보자 하는 마음에서였다. 역시나 그곳 재단집 사장님은 바빠 보였다. 숭덩숭덩 종이들이 잘려 나가는 소리에 묻혀 우리의 인기척이 들리지 않는 듯했다. 우리는 한동안 재단기 앞에 서서, 분주히 움직이는 사장님의 뒷모습을 지켜보았다.

실제로 마주친 재단기는 정말로 컸다. 전지 사이즈를 재단할 정도니 그럴 만도 했다. 재단기 칼날도 무당이 굿할 때 쓰는 작두날처럼 매우 컸다. 그 커다란 칼날이 손바닥 반 뼘가량 두께의 종이 묶음을 단번에 잘라냈다. 칼날이 종이를 자를 때에는 가이드가 턱 하고 내려와서는 종이를 단단하게 잡아주었다. 칼날이 오갈 때마다 푸슉푸슉 소리가 났다. 한마디로 뭐든 '단칼'이었다. 종이들은 사장님의 현란한 손기술에 의해 두부처럼 잘려 나갔다. 우리 두 사람이 커터 칼로 낑낑거리며 아무리 매달려도 안 되는 이유를 눈앞에서 목격하고 있었다.

아내와 나는 놀라움과 흡족한 눈빛을 주고받았다. '무조건 해달라고 부탁드려봐야겠다!' 잠시 후 자투리 종이를 치우려던 사장님께서 우리를 발견했다. 위아래로 우리를 훑어보며 '얘네 뭐야' 하는 듯한 예의 그 시크한 눈빛을 던졌다. 정말 그때 우리는 두 손에 종이를 들고 사장님을 꿈뻑거리며 바라보고 있었을 것이다, 마치 병아리처럼.

을지로 사장님들은 대체로 말수가 적다. 그도 그럴 것이 기계소리가 워낙 커서 말소리가 잘 들리지 않는다. 이런 상황에서 말이 무슨 소용이랴. 사장님은 그저 재단기 옆 작업대를

툭툭 쳤다. 작업대 위에 종이를 올려보라는 것이었다. 우리는 냉큼 종이를 꺼내 보여드리려 했다. 그 순간 우리 종이들은 왜 이리도 보잘것없어 보이던지. 분명 매장에서 구입할 때는 '이 정도면 많이 샀다'라며 흡족해했는데.

알록달록 4절짜리 종이들이 작업대 위에 올려졌다. 사장님은 고개를 갸우뚱하더니 슥 우리를 쳐다보았다. '어떡하라고?' 묻는 듯도 하여 우리는 대번에 우리가 원하는 사이즈를 말씀드렸다. 사장님의 고개가 다시 한번 더 갸우뚱했다. 너무 작은 사이즈여서 그런 듯했다. 하지만 사장님은 어느새 턱턱 종이 자리를 잡으시더니 재단기 앞으로 향했다. 숭덩숭덩 재단이 시작됐고 금세 끝났다. 포장도 뚝딱뚝딱 해주셨다.

'다음에 또 올게요' 하고 재단집을 나서는 순간, 우리는 드디어 해냈다는 마음에 작게 탄성을 질렀다. 너무나 기뻤다. 안도의 한숨과 함께 아내와 나는 재단된 종이들을 살펴보았다. 반짝반짝 빛이 날 정도로 깔끔한 단면! 정말 만족스러웠고 재단기 성능에 대해 다시 한번 감탄했다. 그날 재단비는 5천 원. 그 5천 원은 그동안 재단이라는 난제로 쌓였던 스트레스를 단박에 날린 우리 인생 최대로 값진 5천 원이었다.*

그 뒤로도 우리는 종이를 자를 때면 을지로 인쇄 골목의 그 재단집을 찾았다. 소량 재단이었기 때문에 일단은 재단집에 얼굴을 들이밀어야 한다는 마음이 있었다. 적어도 얼굴을

* 그날 재단집 사장님의 뒷모습은 아직도 잊히지 않는다. 커다란 기계 앞에 서서 기계보다 더 기계처럼 칼같이 움직이는 모습 말이다. 그러나 얼마 뒤부터 그 재단집은 한동안 문을 닫았다. 전화를 드려볼까 하다 그만두었다. 우리도 그 당시 바쁜 와중이어서 다른 재단집을 서둘러 알아보게 되었고, 태백에 온 후로는 코로나로 인해 을지로 방문이 쉽지 않았다. 다음 번에 을지로를 방문하게 된다면 꼭 다시 한번 찾아뵙고 감사의 인사를 드리고 싶다.

비추며 해달라고 해야, 작업하시는 분들에게 예의라고 생각한 것이다. 갈 때마다 작은 성의 표시로 음료도 꼭 챙겨 갔다.

재단집 사장님은 무뚝뚝하셨지만 재단이 다 끝나고 음료수를 건넬 때가 되면 활짝 웃어주셨다. 그 미소를 보면 우리도 자연스레 웃음이 나왔다. 그저 어려울 것만 같았던 을지로 방문이 재단집 사장님 덕분에 얼마나 수월해졌는지! 그 뒤로도 우리가 무턱대고 엉뚱한 재단을 요구하더라도 최대한 우리 요청에 맞춰주었고, 재단이 어렵다면 왜 안 되는지에 대해서도 설명해주셨다. 그렇게 우리는 재단에 대해 하나씩 배워갔고 알아갔다. 어쩌면 이 세계의 언어를 배워갔다는 표현이 더 맞을지도 모르겠다.

그렇게 자신감이 생기다 보니 동판집 '대일사'도 직접 방문해보면 좋겠다는 생각이 들었다. 하지만 좁은 길목, 분주히 오가는 사람과 오토바이. 을지로는 늘 복잡한 곳이었고 종이를 재단하면 또 그걸 들고 이곳저곳 다니는 것이 쉬운 일은 아니었다. 그렇게 대일사 방문은 늘 미뤄졌고 우리는 기죽은 목소리로 전화를 걸어 동판을 제작해달라고 요청하곤 했다. 그러던 어느 날 재단집을 향해 가는 길에 작은 간판 하나가 눈에 들어왔다. 늘상 지나다니던 골목이었다. '대일사? 저기가 우리가 아는 그 대일사인가?' 재단집과 지척에 있었기 때문에 우리는 당연히 아닐 거라고 생각했지만, 이렇게 등잔 밑

이 어두울 줄이야!

딱 내 어깨너비만 한 폭의 계단을 오르니 다락방 같은 곳에 작업장이 있었다. 마침 대일사에 동판을 주문해두었던 터라 직접 가져갈 겸 인사드리고 오자며 우리는 음료를 들고 갔다. 문을 열고는 "저희, 어느한장면입니다"라고 인사를 드렸다. 그러자 사장님이 "아, 이문영 씨"라며 이름을 불러주는 게 아닌가! 이렇게 직접 찾아오는 사람들이 잘 없다며 우리를 반갑게 맞아주셨다. 괜히 뿌듯해졌다. 을지로의 길 잃은 병아리들이 어느새 어른 닭으로 커버린 것이다.

을지로, 그 삶의 분주함을 뚫고 들어갈 엄두가 나지 않았던 때가 있었다. 그날 우리가 호기롭게 들이대지 않았더라면 영영 두려운 곳으로만 기억됐을 수도 있다. 그만큼 우린 인쇄에 대해 정말 아무것도 몰랐고 그분들은 베테랑이었다. 그 벽이 참 높게만 보였다. 그러나 우리가 깨달은 것은, 물어보지 않으면 아무것도 얻을 수 없다는 간단한 순리다. 우리가 원하는 바를 정확히 요구하면 누군가 잘못된 점과 고쳐야 할 점을 짚어주며 더 많은 것들을 알려준다. 그렇게 직접 부딪쳐가며 을지로의 언어와 생태계를 배우다 보니, 이제는 그곳 사장님들과 함께 뭐든 만들 수 있을 것만 같다. 우리에게 을지로는 가장 든든한 뒷배인 셈이다.

을지로를 다녀오면서 우리는 종종 이런 이야기를 나누곤 했다. "우리가 나중에 정말 잘되어서 재단도 대량으로, 종이도 대량으로 주문하면 정말 좋겠다." 그래야 이 감사한 마음을 제대로 전달할 수 있지 않을까, 우리를 위해 수고해주시는 분들에게 보답할 수 있지 않을까 하는 마음에서다. 그렇게 생각만 하다가 어느새 정말로 전화로 주문해도 마음이 편할 만큼 우리의 물량이 늘어났다. 다행이고 감사한 일이지 싶다. 우리의 가장 큰 걱정 혹은 섭섭함이 있다면 그분들의 은퇴이지 않을까. 기존의 인쇄를 대체하는 산업들이 늘고 있고 실제로 을지로 골목에 새 건물들이 하나둘씩 들어서는 걸 보고 있자면 섭섭함에 생각이 많아진다.

*아다나, 그리고 *에봉우선

스타터킷 '에볼루션'

◉

우리가 처음부터 '아다나'라는 소형 프레스로 엽서를 만들었던 것은 아니다. 아다나를 구매하기 전 우리는 '에볼루션'이라는 스타터킷으로 작업을 했다. 스타터킷 에볼루션은 두 개의 두꺼운 아크릴판 사이에 동판을 붙이고 종이를 넣어 덮은 뒤 압력을 가해 동판의 이미지를 종이에 새기는 단순한 방식의 키트다. 레터프레스 초보자 입문용 키트라고 보면 된다. 멋스러운 기계들은 많았지만 큰 지출을 하기엔 아직 확신이 없었고, 사업을 해야겠다는 생각보다는 과연 이런 엽서들이 어떻게 만들어지는지 그 결과물을 눈으로 직접 보고 싶은 호기심이 더 컸다. 에볼루션은 당시 우리에게 알맞은 선택지였다.

단순한 방식으로 작동하는 기계였지만 그걸 조작하는 건 생각보다 까다로웠다. '핀 맞추기' 작업이 특히 그랬다. 말 그대로 종이의 알맞은 위치에 디자인한 대로 찍힐 수 있도록 동판의 이미지와 종이를 맞추는 공정인데, 작업 초반에는 우여곡절이 많았다. 조금의 오차만 있어도 이미지가 기울어지거나 밀렸다. 동판을 단단하게 고정하지 않으면 기계 압력에 의해서 서서히 움직여 작은 오차가 생겼고, 그러다 보니 100장을 찍어낼 경우에 첫 장과 마지막 장이 전혀 다른 결과물을 보여주기도 했다. 그럴 때 핀 맞추기의 오차는 겨우 0.1~0.5밀리미터에 불과했다. 신경을 곤두세워 임하지 않으면 전혀 알아채지 못하고 지나칠 수 있는 정도였다. 매번 신경이 쓰일 수밖에 없었다.

레터프레스라는 일이 그랬다. 애초에 잘못 맞추면 영영 돌이킬 수 없었다. 디지털 인쇄에서는 이동키 버튼을 단 한 번 누르는 것으로 수정할 수 있는 '이미지 1밀리미터 내리기'가, 레터프레스 인쇄의 세계에서는 단단히 붙어버린 동판을 안간힘을 써서 떼어내고, 동판 뒷면에 붙은 끈적거리는 임시 접착제를 닦아내려고 갖은 애를 쓰다가, 양면테이프를 붙였다가 하는, 지난하디 지난한 과정이 되었다.

핀 맞추기만 어려운 게 아니었다. 색을 입히는 일도 만만찮았다. 색을 입히기 위해서는 롤러가 필요한데, 우선 미리 조색해둔 잉크를 적당히 퍼서 팔레트에 올리고, 롤러를 사용해 이 잉크 덩어리를 얇고 고르게 펴 바른다. 그다음 잉크가 잘 발려진 롤러를 동판에 대고 굴려가며 칠한다. 아크릴판에 펴진 잉크의 농도에 따라 롤러에 묻는 정도도 달라지는데 이는 인쇄 결과물에 영향을 미친다. 잉크 양이 넉넉하다고 꼭 인쇄가 잘되는 것은 아니다. 너무 많은 양이 동판에 칠해지면 압력이 가해질 때 넘쳐서 번지기도 하고 뭉치기도 하기 때문에 인쇄 품질이 형편없어진다. 또한 롤러를 밀 때 힘을 너무 많이 주면 동판 밖으로 잉크가 넘쳐버린다. 그러므로 잉크의 양을 늘리고 싶다면 얇게 여러 번 덧대어 칠해주는 게 좋다.

큰 면적을 찍을 때와 가는 선을 찍을 때도 그 방식과 결과물이 다르다. 가해지는 압력의 차이로 깊이뿐만 아니라 잉크가 종이에 새겨지는 정도가 달라진다. 또한 동판의 큰 면적과 작은 면적의 차이가 클수록 각각의 면적 크기에 맞게 잉크를 조절해서 롤러를 밀어야 한다. 큰 면적에는 평균적인 주입량보다 좀 더 많이 칠해줘야 행여나 빈 공간이 생기지 않는다. 작은 면적에는 이와는 반대로 상대적으로 적게 칠해야 고르게 인쇄가 된다.

이 모든 것을 오로지 눈으로 직접 보고 손의 감각으로 처리해야만 한다. 디자인에 맞는 잉크의 양과 압력이 존재하는데, 디자인이 달라지면 모든 것이 초기화되어 새로운 감각을 필요로 한다. 핀 맞추기도 달라지고, 압력도 달라지며, 롤러질(잉킹)도 달라져야 한다. 이처럼 스타터킷은 처음 레터프레스를 접하는 우리에게 상당히 매운맛을 보여줬다. 단순해

보였지만 실제로는 전혀 단순하지 않았다. 그럼에도 스타터 킷으로 시작하길 참 잘했다는 생각이 든다. 다시 처음으로 되돌아가는 일이 반복될수록 새로운 감각들이 점차 쌓여갔고 노하우도 하나씩 생겼다. 0.1밀리미터 단위의 세계를 알게 되었고 조색, 잉킹, 핀 맞추기 등 온갖 불편함을 넘어서는 방법을 알게 되었으며, 이 일을 하지 않았더라면 평생 사용하지도 않았을 섬세한 감각들을 하나씩 일깨워야 한다는 걸 받아들일 수 있게 되었다.

그렇게 스타터킷으로 찍어서 나온 결과물들은 무척 만족스러웠다. 롤러질 등을 어떻게 하느냐에 따라 조금씩 달라지는 결과들이 신기하고 재미있게 여겨졌다. 오차 범위를 줄이기 위해 기계의 하드웨어적인 문제점들을 하나씩 해결하다 보면 결국 남는 것은 우리의 감각이었다. 분명 같은 걸 찍어내는데 컨디션에 따라, 날씨에 따라, 기분에 따라 조금씩 다른 느낌들이 담기는 것 같은 '느낌적인 느낌들'. 힘들고 지난한 과정을 거쳐야 하는 일이었지만 그 끝에는 늘 즐거움이 뒤따랐다. 딱 내가 한 만큼 조금씩 나아지고 맞춰지고 갖춰져가는 과정을 거치며, 우리 스스로가 디지털 장비의 편리한 여러 기능에 기대어 작업하는 것이 아닌 손끝의 감각을 갈고 닦는 과정을 즐기는 사람이라는 걸 알게 되었다.

우리는 인터넷 검색을 통해 여러 다른 레터프레스 기계들을 본격적으로 알아보기 시작했다. 과거의 활판인쇄 장인들이 사용했던 기계를 구해서 쓰면 더 간명하고 멋진 결과물이 나올 것이라는 기대감이 있었다. 스타터킷을 통해 보았던 결과물이 매우 만족스러웠기 때문에 진짜 주물로 된 묵직한 기계를 사용하면, 압 표현이라든지 색의 표현이라든지 여러 면에서 좀 더 나아질 것 같았다. 진짜 주물로 된 기계를 써야 레터프레스를 하는 기분이 더 날 것 같기도 했다. 어쩌면 더 나은 결과물에 대한 기대감은 이런 기분에 그저 얹어진 명분이었는지도 모르겠다.

또 한 가지, 우리가 옛날 주물 인쇄기에 매력을 느꼈던 이유는 롤러질(잉킹)에 대한 부분이었다. '아다나'는 스타터킷처럼 일일이 롤러질을 하지 않아도 되었다. 실제로 스타터킷에서 가장 불편하고 힘든 점이 잉크를 바르는 일이었기 때문이다. 오차를 줄이고 동일한 결과물을 내기 위해서는 일정한 양의 잉크를 동판에 바르는 게 가장 이상적이지만, 이렇게 일일이 손으로 칠하는 것은 매우 예민하고 섬세한 감각을 필요로 했다. 매번 작업의 품이 무척 많이 들었다. 한마디로 좀 더 효율적인 방법이 필요했다. 효율적이어야 시간과 비용을 조금이나마 줄일 수 있을 것 같았다.

아다나를 비롯한 레터프레스 기계들은 대량생산을 목적으로 만들어졌으므로(물론 그때와 지금의 '대량'이라는 기준은 크게 차이가 나지만) 우리는 그 가치에 좀 더 중점을 두고 싶었다. 이는 '많이 만들어서 많이 팔아야지'라는 생각보다는 '좀 더 비용을 줄이면 많은 사람들이 우리 작품을 즐길 수 있지 않을까'라는 생각에 가깝다. 스타터킷이라는 초급 기계를 만지면서 우리는 결국 아다나든 챈들러앤프라이스든, 레터프레스 기계 모두가 그것이 출시되었던 당시에는 비용을 줄이기 위해 고안된 기계라는 것을 절실히 느꼈다. 이제는 조금은 더 효율적인 것을 찾지 않을 수 없었다. 앞으로 이 일을 더 하게 될지 아닐지는 몰랐지만, 많이 만들게 될 경우를 생각하면 스타터킷은 그 한계가 명확했다.

많은 고민 끝에 우리는 아다나를 구입했다. 그리고 아다나는 어느 정도 만족감을 주었다. 특히 일정한 양과 깊이의 롤러질과 그로부터 생기는 안정감, 즉 결과물이 어느 기준 이상의 질을 갖춘다는 점이 좋았다. 원판에 잉크를 묻히고 손잡이를 지렛대처럼 움직여주면 롤러가 오르락내리락하며 알아서 동판에 잉크를 펴 발라준다는 점 또한 만족스러웠다.

그러나 아다나에도 아쉬운 점이 있었다. 바로 그 결과물이 우리의 기대를 크게 벗어났다는 점이다. 압 표현력이 스타터 킷에 비해 좋지 않다는 것은 전혀 생각지 못한 변수였다. 특히 면적이 넓은 그림을 찍을 때 압력이 제대로 표현되지 않았다. 한마디로 선이 또렷하게 새겨지지 않았던 것이다. 압이 충분하지 않다는 것은 깊이감뿐만 아니라 채색에도 영향을 주었다. 짧은 시간 안에 여러 장을 찍을 수 있다는 점에선 효율적이었지만 결과물은 정말 실망스러웠다. 스타터킷에서 느꼈던 레터프레스의 아름다웠던 결과물에 대한 기대감과는 전혀 다른 결과였다.

동판과 각종 재료들을 테이블 위에 준비해놓고 기대에 부풀어 아다나를 처음 써보고 그 결과물을 마주했을 때의 충격은 아직도 잊히지 않는다. 스타터킷과 비교해보기 위해 우리가 실험해본 작품은 '곰'과 '부엉이'였다. 그 전에 이미 스타터킷으로 만족스러운 결과물을 얻었던 작품들이었기 때문이다. 그러나 결과적으로, 롤러의 높이가 맞지 않아서 잉크는 곰과 부엉이의 머리 쪽만 인쇄되었고 또 아래쪽에만 힘이 세게 가해져서 그림의 위와 아래가 제각각인 기괴한 모습의 작품이 나왔다. 스타터킷은 직접 잉크를 바르기 때문에 이러한 문제가 없었는데…

한참 기계의 이곳저곳을 만져보았다. 기계에 대한 이해가 전혀 없어서였을까. 만지면 만질수록 작업물은 엉망이 되었고, 급기야 잘못 산 건 아닐까 하는 의심이 들었다. 안 되겠다. 마음을 가다듬자. 우선, 기계에 대한 이해가 필요하다. 그 뒤로 며칠간 기계를 만지작거리고 새로 찍어보면서 다시 만지기를 반복했다. 그러다 보니 우리에게 맞는 초기값을 설정할 수 있었다. 그러면서 알게 된 사실이 있다. 아다나가 기존에 보유한 압력이 우리가 필요로 하는 것만큼 강하지 않다는 것이다.

옛 장인들이 쓰던 기계니까 더 잘될 거라고만 생각했다. 하지만 이는 정말 큰 착각이었다. 우리가 기대했던 것은 두툼한 종이에 압력이 깊게 표현된 아름다운 결과물이었다. 하지만 아다나가 그런 결과물을 내주지 못한 건 왜일까. 어쩌면 과거에 레터프레스 기계를 사용했던 사람들이 압 표현 따위는 중요하게 여기지 않았기 때문일까. 그저 활자를 종이에 찍어주는 것만으로도 충분했다면 깊은 압력을 표현하는 게 불필요했을 수도 있다.

테이블탑 프레스인 아다나는 주로 명함 같은 작은 사이즈의 종이를 인쇄하는 데 쓰인다. 결국 면적이 넓은 그림을 찍을 때는 사용하기 까다로운 기계인 셈이다. 글씨나 작은 면적의 그림을 찍을 때는 굉장히 효율적이고 안정적이지만 말이다. 그렇다면 우리는 이제 이 기계에 맞는 작업을 고안해야 할 상황이 되었다.

아다나를 구입한 것은, 의도치 않게 우리가 가진 디자인에 대한 생각을 다시 정립하게 되는 계기가 되었다. 처음에는 마치 손발이 묶인 채로 디자인을 하는 기분이었다. 아다나가 어디까지 표현해주는지 알지 못했기 때문에 우여곡절이 있었다. 거기에 더해 아다나에 맞는 디자인을 찾기 위해 또 다시 처음부터 시작해야 한다니 맥이 풀리기도 했다. 스타터킷을 처음 만질 때 맞닥뜨린 쓴맛이 다시금 입안에 맴돌았다. 우리는 스타터킷에서 경험했던 지난한 과정을 다시 하나씩 거쳐야 했다.

결론적으로 말하면 우리는 현재 스타터킷과 아다나를 용도에 맞게 번갈아가며 사용하고 있다. 디자인은 스타터킷과 아다나가 가진 압력의 차이를 고려해 그 중간점을 찾느라 매번 수고롭다. 그러나 그러한 수고로움을 이제는 이 일의 매력이라고 느낀다. 기계들과 호흡을 맞춰간다는 게 썩 마음에 든다. 맞춰간다는 것이 처음에는 매우 어렵지만, 그에 익숙해지면 그보다 빠른 길이 없다는 것을 새삼 깨우쳤다. 다시 말해 이렇게 지난해 보이는 과정을 거치면서도 결국 우리는 시간과 비용을 줄일 수 있는 것이다. 우리의 디자인은 우리의 영감과 노력만으로 된 것이 아니라 아다나, 스타터킷 등 앞으로 우리가 사용하게 될 모든 기계들의 합으로 만들어지는 게 아닐까 싶다.

인간은 망각의 동물이라 했던가. 스타터킷에서 아다나로 넘어오며 느꼈던 배신감, 우여곡절은 생각하지 못하고 뭔가 이보다 더 나은 것이 있지 않을까라는 생각이 들기 시작한다. 스타터킷과 아다나에만 만족할 순 없다. 그보다 더 섬세한 기계가 있지 않겠는가(물론 가격도 높다). 그 기계는 바로 챈들러앤프라이스다. 챈들러앤프라이스를 들여놓으면 다 해결될 거라는 기대감이 어느새 마음 한가운데 들어앉는다. 압력이 스타터킷보다 좋으리라는 건 두말하면 잔소리. 또한 아다나의 편리함까지 갖추었으니 이보다 좋은 기계가 또 없을 거라는 기대감. 그리고 무엇보다 '진짜 레터프레스 기계'라는 매우 주관적이면서도 명백한 환상. 챈들러앤프라이스는 우리에게 꿈의 기계다. 꿈은 꿈일 때 아름답다는 걸 모르지 않지만, 그것이 우리를 저 먼 곳까지 이끄는 힘인 것은 분명하다.

*아다나 구입기

테이블탑 프레스 '아다나'

◎

아다나를 사겠다고 굳게 결심한 뒤로는, 처음으로 큰돈을 쓰는 건데 이왕 사는 거 새 기계면 좋겠다는 생각도 있었다. 그러나 그건 우리의 생각이었을 뿐, 아다나는 새로운 기계라는 게 없었다. 아다나라는 레터프레스 기계를 만드는 곳은 이제 지구상 어디에도 없다. 그럼 어디에서 사야 하지?

무작정 인터넷에 '레터프레스 아다나'를 검색하여 구매 방법을 찾아보았다. 일단은 중고 구매 사이트에 들어가보았는데, 우리가 생각했던 것보다 가격이 비싸고 판매자의 지역이 너무 멀었다. 좀 더 검색해보니 아다나는 아니지만 같은 유의 '테이블탑 프레스' 기계가 일본에서 무려 새 제품으로 판매되고 있었다. 일본어를 몰라 구글 번역기를 써서 문의해보니 한국 배송은 어렵다는 답변이 돌아왔다. 배송대행을 잠시 고민해보았지만 아다나 새 제품이라면 모를까, 우리가 본래 꿈꾸던 기계가 아닌 것을, 그것도 서너 배 더 비싼 가격을 내면서

까지 사고 싶진 않았다.

그러던 중 영국 아다나 본사에서 오래된 기계의 마모된 부분을 새 부품으로 갈고, 칠을 다시 해서 거의 새 상품과 같은 조건으로 판매한다는 것을 알게 되었다. 그러나 구매를 위해서는 메일로 문의해야 한다는 데서 멈칫했다. 영국으로 메일을 보낸다한들 답변이 언제 돌아올지도 모르고, 돌아온 답변이 저번처럼 '배송 불가'라면 우리는 또 그만큼의 시간을 허비해야 한다. 이미 너무 많은 시간을 인터넷 속에서 아다나를 알아보는 데 시간을 들였다. 그랬기에 당장 눈앞에 기계를 두고 손잡이를 잡아 눌러보고 싶다는 간절함이 있었다. 아다나가 진정 우리 앞에 있어야 그동안 품어온 궁금증을 풀 수 있을 것 같았다.

검색에 검색을 거듭하다 남부터미널역 근처의 어느 빈티지숍에서 아다나, 챈들러앤프라이스 같은 인쇄기계들도 취급한다는 사실을 알아냈다. 사진상 보이는 아다나는 외관만으로는 낡고 그리 썩 좋아 보이지 않았다. 그럼에도 일단 가보기로 했다. 작업실에서 지하철로 20분 거리에, 구매하든 않든 아다나를 실제로 볼 수 있는 곳이 있다니… 우리는 그 자리에서 방문 날짜를 예약했다.

빌딩이 주를 이루는 도심 속 빈티지숍은 특이한 인상을 주었다. 모던한 외양의 건물들이 늘어선 대로의 뒷골목에 위치

하고 있었고, 아무리 생각해봐도 아다나 같은 물건은 팔지 않을 것만 같았다. 빈티지숍에 들어서니 사장님이 반갑게 맞아주었다. 작동이 될까 의심스러운 주물 그라인더로 직접 원두를 갈아 커피를 내려주기도 했다. 꼭 다른 시대에 들어와 있는 기분이었다. 커피를 받아들고 가게를 찬찬히 살펴보는데, 정말 다양한 빈티지 물건들이 있었다. 칠이 벗겨진 조명, 구리 냄비, 수동 타자기, 오래된 바구니 등 구식 물건들이 차곡차곡 정리되어 있었다. 녹이 슬거나 여기저기 마모된 낡은 모습 그대로의 물건들. 빈티지와 골동품 사이에서 우리는 잠시나마 숨을 고를 수 있었다.

아다나는 출입문 맞은편 스툴 위에 놓여 있었다. 들어올 때부터 두 개의 빨간 기계가 눈에 확 들어왔는데 바로 그것들이었다. 그중 한 개는 칠도 잘되어 있고, 스프링이며 각종 부품의 컨디션이 나쁘지 않아 보였다. 다른 하나는 딱 봐도 엉망이었다. 칠은 다소 어둡고, 잉크가 흐른 자국이 지워지지 않은 채였으며, 스프링은 녹이 슬어서 만약에 힘을 주면 끊어질 것만 같았다. 롤러가 지나는 자리의 주물 또한 크고 작은 흠집이 정말 많았다. 나사의 체결 부위는 검은 기름때가 잔뜩 껴 있어서 나사가 과연 돌아갈까 의심이 들 정도였고, 잉크판은 칠이 벗겨져서 그런지 얼룩덜룩했다. 아무튼 옆자리의 물건과 비교해봤을 때 못남이 두드러졌다. 사장님은 쭈뼛거리는 우리를 보고는 기계가 잘 작동되는지 확인해보라며 그 자리에서 '못난이 아다나'에 검은 잉크를 펴 발라 오래된 그림판을 찍어서 보여주었다.

그 순간 우리는 이 못난이 기계에 마음을 빼앗겼다. 생각했던 것보다 힘차게 돌아가는 것이 눈에 보였다. 가장 염려되던 스프링은 기계를 움직이는 데 큰 영향을 주지 않는 부분이었다. 나중에라도 끊어지면 새로 달아주면 될 일이었다. 몸체의 어두운 색감이며 잉크가 흐른 자국은 레터프레스를 하는 데 전혀 문제가 없었다. 어느새 우리는 오히려 이런 오래된 사용감이 더 좋다고 느끼고 있었다. 가격도 마음에 들었다. 우리는 그 자리에서 값을 치르고 이 못난이 아다나를 들고 왔다.

집에 와서 찬찬히 다시 만져보니 만족감은 더 높아졌다. 체결 부위의 기름때를 닦아주니 새것처럼 잘 돌아갔고, 잉크판의 얼룩은 잉크를 펴 바르는 데 전혀 문제가 되지 않았다. 오래된 느낌을 주면서도 작동까지 잘되니 더 바랄 게 없었다.

앞으로 '써야' 하는 기계를 사기 위해 골동품 가게 느낌이 나는 빈티지숍을 들렀을 때 솔직히 우리는 당혹스러웠다. 그 안의 기계들은 더 이상 움직이지도, 제대로 작동하지도 않을 것만 같았다. 우리의 못난이 아다나도 마찬가지였다. 하지만 그런 기계가 이렇게 씩씩하게 움직이는 걸 보면 이따금 신기하기도 하다. 조금만 신경 써서 닦고 관리해주니 이렇게 멀쩡하게 사용할 수 있구나 싶다. 별일이 없다면 앞으로도 100년은 끄떡없을 것이다. 우리 뒤에도 아다나를 쓰려는 사람이 있을까? 오래오래 누군가의 손으로 건네지면 좋겠다는 괜한 기대를 품어본다.

영국에서 한국으로 그리고 강원도 태백까지. 가끔, 책상에 우두커니 올려져 있는 아다나를 보며 '쟤는 어쩌다 여기까지 왔을까' 생각하곤 한다. 철마다 분해해서 기름칠도 해주고 닦아주지만 세월의 묵은 때는 잘 지워지지 않는다. 이 녀석의 주인이었던 사람들은 자신의 손을 떠난 이 기계가 머나먼 한국 그리고 이곳 강원도 산골짜기에서 엽서를 찍어내고 있으리라는 것을 예상이라도 했을까? 당연한 이야기지만 앞으로의 일들은 참 알 수가 없다. 도시에서 나고 자란 우리가 이곳 태백에 와 살고 있는 것처럼 말이다.

가치 있는 것을 만들기 위해
준비해야 할 것들

초창기에 만들었던 다람쥐 동판

◎

처음 우리가 스타터킷으로 찍어본 것은 '다람쥐' 그림이다. 양 볼에 도토리를 가득 담고 멀뚱히 서 있는 다람쥐의 모습이 마음에 들어 그려보았는데, 아내도 그 그림이 만족스러웠는지 곧바로 인쇄해보자고 이야기가 나왔다. 다람쥐가 귀여워서이기도 했지만 일단 무엇이든 찍어봐야겠다는 마음이 앞서던 때였기 때문에 부랴부랴 일러스트 작업을 마치고 동판을 주문했다. 주문을 하면 대개 하루이틀 내로 도착하는데, 그때는 그 하루가 일 년인 양 느껴졌다. 우리의 첫 동판이 어떻게 만들어져 나올까, 그 결과물이 무척이나 궁금했다.

드디어 동판이 도착했다. 우리는 부푼 마음을 안고 내용물을 열어보았다. 동판 위에는 내가 그린 다람쥐가 그대로 얹어져 있었다. 예상보다 훨씬 예뻤다. 이렇게 동판이 만들어진다는 걸 처음 알게 되었다. 스타터킷도 있겠다, 롤러도 잉크도 있겠다, 모든 게 완벽했다. 이제 찍기만 하면 되는 것이었다.

당시 우리가 아는 인쇄종이는 A4 용지뿐이었다. 일단 집에 있던 A4 용지에 다람쥐를 찍어보았다. 잉크가 약간 번지긴 했지만 선명하게 찍혀 나왔고 우리는 연신 감탄했다. '정말 이렇게 하면 인쇄가 되는구나!' 우리의 첫 작품이었다. 틈이 날 때마다 A4 용지에 찍힌 다람쥐 그림을 힐끗힐끗 바라보았다. 다음엔 무엇을 그려볼까? 창작의 욕구도 마구 샘솟았다.

며칠 후 구례 큰외삼촌 댁에서 가족 모임이 열렸다. 아내는 이왕 우리가 이런 일을 하니 최근에 찍어두었던 「다람쥐」를 들고 가보자고 했다. 우리가 어떻게 사는지, 무슨 일을 하는지 분명 물어보실 테니, 우리가 이러이러한 일을 한다고 말로 설명하기보다는 이걸 보여드리면 좋지 않겠느냐는 말이었다.* 그래, 피드백도 받을 수 있을 테고, 두루 좋은 생각이었다.

돌아오는 차 안에서 어머니와 이모에게 우리의 첫 작품을 보여드렸다. 평소에는 말씀이 많으신 어머니는 말없이 그저 종이를 앞뒤로 살피시기만 했다. 고요한 차 안, 한동안 종이가 펄럭거리는 소리만 들렸다. 그러더니 이모에게 '언니는 어때?'라고 한마디 하셨는데, 이모는 솔직한 성격답게 대번 이렇게 말했다. "이게 엽서라고? 값어치 없게 보인다야." 이모의 솔직함에 고요했던 차 안이 순간 웃음바다가 되었는데, 그제서야 우리는 아차 싶었다.

「다람쥐」는 우리 눈에는 애틋한 첫 결과물이었다. 동판 작업, 조색, 잉킹, 프레스 등 일련의 과정이 익숙하지 않던 때였고, 우여곡절 끝에 나온 작업물이었다. 그랬기에 우리에게는 애틋했지만 그 과정을 알 리 없는 어머니와 이모에게는 그저 얇은 종이 쪼가리일 뿐이었던 것이다. 아무리 좋은 그림이어도 어디에 어떻게 담기느냐가 중요하다는 사실을 알게 되었다. 이모의 한마디가 우리에게 중요한 깨달음을 주었다. '값어치 있는 걸 만들자.'

지금 와 생각해보면 정말 어이없지만 그날 돌아와 우리는 정말 진지하게 'A4 용지는 적합하지 않다'라는 주제에 대해 심도 깊게 이야기를 나누었다. 그렇게 우리는 막막하면서도 드넓은 종이의 세계에 발을 들여놓았다.

---

* 지금도 마찬가지지만 레터프레스라는 일을 누군가에게 설명하기란 참 어렵다. 그래서 누군가 물을 때면 왕왕 '인쇄업을 해요'라고 답하지만 그마저 오해를 불러일으키는 일이 많아서 난감한 일이 종종 생긴다. 하물며 초창기에는 우리도 무슨 일을 하고 있는지 알아가는 단계였기 때문에 누군가에게 설명하는 게 더욱 어려웠다.

그저 '얇은 종이' '두꺼운 도화지'에서 평량 300그램, 600그램으로 종이의 두께를 이야기할 수 있게 되었을 때쯤에는 우리 작업실에 정말 다양한 종이들이 이곳저곳 널려 있었다. 같은 평량의 종이여도 브랜드에 따라 실제 두께가 달랐다. 두께가 다르면 그에 따라 아다나의 프레스 베드(press bed) 기울기도 다르게 설정해야 했다. 그만큼 평량과 두께는 중요한 정보였지만, 대개 제지사에서는 두께를 잘 기입하지 않고 평량 정보만을 적어놓는다. 그러니 종이를 직접 구입해서 일일이 자로 재보거나 직접 인쇄해보면서 우리에게 맞는 종이를 찾아야 했다.

우리가 처음에 주로 사용했던 종이는 그문드사의 '그문드 코튼 600그램'이다. 아마도 레터프레스를 업으로 하는 사람이라면 누구나 알고 있을 종이다. 두께는 대략 1밀리미터로 두껍고, 100퍼센트 코튼 소재이기 때문에 실제로 포근한 촉감이 들고 잘 찢어지지 않으며 인쇄 품질도 좋다. 그렇기 때문인지 우리 제품을 직접 만져본 사람들은 대부분 고급스럽다고 평해준다. 레터프레스의 특별함은 아다나, 챈들러앤프라이스 같은 오래된 인쇄기계와 그 인쇄술에서도 나오겠지

만, 그문드코튼 같은 좀처럼 보기 어려운 고급스러운 종이도 한몫을 한다.

평량이 높은 그문드사의 종이는 레터프레스에 분명 알맞지만 아쉬운 점 또한 있었다. 표면이 매끄러워 인쇄가 또렷하고 깔끔하게 되었지만 그렇기 때문인지 선이 많고 거친 느낌의 그림을 자연스럽게 표현하는 데는 다소 아쉬웠다. 그렇다면 다른 종이는 어떨까. '와일드'는 자연스러운 텍스처와 폭신한 촉감 그리고 압이 더욱 극적으로 표현된다는 장점이 있지만, 디자인에 따라 자칫하면 작업 중에 종이가 터질 때가 있었다. '쿠션'의 경우 흰색 용지가 자연스러운 미색을 띠고 있는데 그 위에 글을 쓸 때 펜의 잉크가 미세하게 번지는 느낌이 들어 엽서 종이로는 아쉽다. '하이디'는 거친 표면과 색상을 갖고 있어 자연스러운 느낌을 내고 싶을 때에는 이만한 종이가 없다. 무엇보다 재생 펄프 100퍼센트로 만들어져 환경과 생태 보전의 면에서 큰 장점이 있다. 이외에도 정말 많은 종이들이 우리 손을 거쳐 갔고, 하늘 아래 같은 종이는 없다는 생각으로 많은 시간을 '좋은 종이'를 찾는 데 시간을 보냈다.

아내와 나는 이런 종이를 찾아 헤맸다. '적당히 단단하면서 압 표현이 잘되고, 텍스처가 살아 있으면서, 은은한 크림빛이 도는데 너무 어둡지 않아 인쇄가 선명하게 잘되는 종이.' 결론은, 세상에 그런 종이는 없다는 것이다. 언젠가 아내가 말했다. "레터프레스라는 것은 마치 네 귀퉁이의 나사를 조이는 일 같아요. 처음부터 한쪽 나사를 꽉 조이고 나면 나머지 나사를 조일 때 구멍이 잘 맞지 않아 곤란해질 때가 있잖아요. 적당히 네 귀퉁이를 조금씩 알맞게 조여나가는 일이지 싶어요." 아내의 말이 맞다. 같은 그림이어도 어떤 종이에 찍느냐에 따라 인쇄된 느낌이 사뭇 다르기 때문이다. 한편 어떤 색감인지에 따라서도, 압의 깊이에 따라서도 작품의 느낌은 완전히 달라졌다. 결국 '좋은 종이를 찾는 것'이 중요한 것이 아니라 '작품에 맞는 종이를 찾는 것'이 우리가 해야 할 일이었다. 그 후로는 작업을 시작하기 전에 미리 찍어볼 종이들을 선별해서 책상 위에 올려놓는다. 그리고 한 번씩 모두 찍어본다.

이 종이는 이래서 좋고 저 종이는 저래서 좋고… 이러다 보면 하나를 고르기가 쉽지 않다. 여러 종류의 종이를 한 번씩 찍어본 아내는 나를 부른다. 얼굴엔 근심이 가득하다. 어떤 게 가장 마음에 드는지 묻는다. 객관적인 눈이 필요한 것이다.

나는 그중에서 마음에 드는 걸 골라 들며 '이게 좋은 것 같아요'라고 해본다. 그러면 대체로 아내도 '나도 이게 제일 마음에 드는 것 같아요'라며 고개를 끄덕인다. 혼자서 마음을 정하는 건 늘 어렵지만 둘이 하면 세상 쉬운 일이다. 마찬가지로 아무리 좋은 종이여도 그 자체로는 의미가 없다. 스케치가 아무리 예뻐도 그 그림만으로는 모자란다. 가치 있는 건 어디에 그냥 있는 게 아니라 하나씩 맞춰가는 과정에 있다. 그저 이런 마음을 품고 일하다가 우리 작품에 꼭 맞는 종이를 발견하게 되면 그렇게 좋을 수가 없다.

본격적인 작업에 들어가다

◎

우리는 작품에 우리의 일상을 담고 싶었다. 그래서 일상이라는 것이 과연 무엇일까에 대해 종종 이야기를 나눴다. 일상이라는 말 자체는 나긋하면서 평범한 느낌을 주기도 하지만 그만큼 매우 추상적이기 때문에 선뜻 '일상을 담아내자'라는 생각만으로 무엇을 그릴지 감을 잡기가 쉽지 않았다. 이 글을 쓰는 지금도 우리가 그리고 있는 것들이 일상의 풍경이라고 단언하진 못한다. 다만 우리는 하루하루 살아가면서 스쳐 지나는 것들 중 우리의 마음에 계속 남아 아른거리는 것들을 스케치한다. 그것이 우리 작업의 시작이다.

오래된 골목을 지나다 보면 종종 보이는 돌담 한편의 노란 민들레라든지, 상가 처마 밑 박스 위에서 늘어지게 낮잠을 자는 고양이라든지⋯ 산책하다 보면 눈에 들어오는 장면들이 의외로 적지 않다. 그 장면들은 우리의 걸음을 멈추게 하는 힘이 있다. 아내는 마음에 드는 장면이 있으면 사진으로 남긴다. 그러면 나는 아내 옆에서 지금의 이 느낌을 담으려면 어떻게 그려야 할까 골똘해진다. 내 느낌이 아내의 느낌과 같은지, 다르다면 어떤 점이 다른지 우리는 산책을 끝내고 돌아오는 길 내내 열띤 토론을 벌이기도 한다.

그렇다고 오늘 산책길에 본 장면을 집에 돌아와 바로 스케치하진 않는다. 산책은 좋은 영감을 주는 통로이긴 하지만 그 장면이 정말 작품으로 담길 만한 것인지는 시간이 결정해주는 때가 많기 때문이다. 내버려두면 쌓이고, 쌓이다 보면 가끔씩 어느 날 그 장면이 다시금 떠오른다. '이렇게 그리면 참 괜찮을 것 같은데.' 그러면 곧바로 아내에게 가서 구도나 의미에 대해 주저리주저리 이야기해본다. 말 그대로 아내에게 '1차 컨펌'을 받아보는 것이다. 대체로 백이면 백, 이 시점의 나의 포트폴리오는 무참히 '까인다'. 왜냐하면 나만의 언어로 설명할 수 있는 것들이 대부분이기 때문에 처음 듣는 입장에서는 의아하기도 하고 어리둥절하기도 할 것이며 그러니 마음에 들지 않기 마련이다.

작업 초반기에 우리는 이쯤에서 자주 다투었다. 나는 아내가 내 마음을 도통 이해하려 들지 않아 서운하다. 그래서 본래 하려던 말보다 더 많이 이야기하고 주제와 벗어난 말들도 머릿속에 떠오르는 대로 주워섬긴다. 그럴수록 상대방을 이해시키기는 어려워진다. 그렇게 우리는 자주 부딪혔다.

이런 일이 몇 번 반복되다 보니 '아내에게도 생각할 시간이 필요하다'라는 생각이 들었다. 무엇이든 떠오르는 대로 그려보자는 나와 다르게 아내는 매우 신중하다. 아내는 디자인뿐만 아니라 생산, 판매 모든 것을 생각하고 관리하고 있기 때문이다. 레터프레스의 특성상 신중함은 꼭 필요한 덕목이다. 처음 시작이 잘못되면 뒤에 치러야 할 대가가 크다.

맞춰간다는 것은 내 것을 좀 미뤄두고 내버려둠으로써 그 빈 공백에 다른 생각들이 들어와 채워지는 일이다. 그렇게 마음속에 켜켜이 하루하루 장면들이 쌓여간다. 이 컷들을 무턱대고 사용하기보다는, 오늘 본 장면을 미뤄두고 내버려둔다. 그러면 어느 날엔가 적당한 때에 그 장면들이 슬며시 떠오른다. 이렇게 되새김질하듯 반복되는 영감이라면 작업해도 좋겠다는 신호이지 않을까. 이 같은 신호는 아내와 내가 서로의 스타일을 맞춰가는 데에도 필요한 것이다.

아이패드는 내게 매우 유용한 스케치 도구 중 하나다. 지우개도 필요 없고 플라스틱 펜 한 자루만 있으면 여러 앱을 오가며 다양한 작업이 가능하다. 생각이 우후죽순 떠오르는 날에는 아이패드가 제격이다. 다만 우리의 작업 특성상 무한정 자유롭게 그릴 수만은 없다. 레터프레스에서 모든 밑바탕 그림들은 선과 면, 점으로 이뤄져야 하기 때문이다.

작업 초창기엔 이 점이 가장 불편했다. 연필로 스케치를 하고 붓과 물감으로 채색하는 일에는 자신 있었지만 판화조차 해보지 않았던 내게 동판 디자인 작업은 '차 포 떼고' 디자인하는 것 같은 기분을 느끼게 했다. 늘상 하던 대로 다양한 선들을 이용해 작업하면 아내는 곧바로 다음과 같은 피드백을 보내왔다. "좀 더 간소한 선들을 사용하면 좋겠어요." 내 보기엔 이 정도만 해도 단순한데? 얼마나 더 단순하게 그리라는 거야? 이럴 때는 왠지 이보다 더 단순해지면 내가 본래 그리려던 느낌이 잘 살 것 같지도 않다. 어디로 향하는지 모를 투정이 계속 샘솟는다.

지금도 이런 불편함은 디자인을 할 때마다 늘 따라다닌다. 우리가 본 장면의 느낌을 어떻게 하면 단순하면서도 정확하게 표현해낼 수 있을까. 다만 이런 고민들을 거치며 '디자인의 개념' 또한 거칠게나마 정의내릴 수 있었다. 즉, 마음에 그려지는 대로 자유롭게 표현하는 것이 예술이라면, 여러 한계를 지닌 채 이를 극복해나가며 맞춰가는 것이 디자인이라는 사실을 알게 된 것이다.

동판은 내가 디자인한 그대로 정직하게 표현된다. 그렇기 때문에 단 한 줄의 선이라도 허투루 써서는 안 된다. 선들이 제대로 정리되어 있는지 살펴야 하고 다듬어야 한다. 다 그려 놓고 난 뒤에도 여전히 다듬어야 할 선들이 많다면 그만큼 일이 늘어난다. 그러다 보면 차라리 새로 그리는 게 낫겠다 싶은 생각이 마구 들기도 한다. 복잡한 내용을 그려내는 때도 종종 생긴다. 그래서 스케치가 완성된 이후에는 정교한 장비를 사용해야 한다. 아이패드도 훌륭한 장비이긴 하지만 '정교한 선'을 얻기에는 한계가 분명하다.

최종 작업에서는 와콤 태블릿을 쓴다. 와콤은 작업 시에 연결해야 하는 선도 많고 그 사용법이 아이패드처럼 명료하지도 않다. 하지만 펜 태블릿의 역사가 오래된 만큼 정교함면에서는 다른 기기가 이를 흉내낼 수 없다. 본래 스케치해둔 선들을 하나하나 꼼꼼히 살피며 와콤으로 그 스케치를 따라 그린다. 이때부터는 반복 작업의 영역이다. 의자에 얼마나 오래 앉아 집중할 수 있는지가 관건인 셈이다.

작업 중간중간에는 스케치된 느낌과 최종 결과물 간의 느낌이 얼마나 잘 맞아떨어지는지 계속해서 살핀다. 원본-스케치-최종본의 느낌이 고루 맞아떨어지는 게 가장 중요하다. 왜냐하면 이 작업은 그 뒤에 이 느낌을 그대로 잘 표현해 줄 수 있는 종이를 선택하는 데 영향을 미치기 때문이다. 종이뿐만 아니라 색 조합 등 이후의 여러 작업에도 영향을 준

napping cat. 아이패드 스케치를 바탕으로 완성한 도안(2021.5.30.)

왼쪽의 도안으로 만든 엽서(2021.10.30.)

다. 그러므로 와콤 작업은 단순해 보이지만 수정과 반복이 가장 많은 공정이다. 느낌이 맞지 않으면 다시 처음부터 그리기도 하고 보충하는가 하면, 어떤 때에는 프로젝트 자체를 엎기도 한다. 충분히 서로 대화를 나누며 이뤄지는 일들이지만 그럼에도 종이 선택, 조색, 압 표현 등 예상치 못한 데에서 균열을 낼 수 있기 때문에 가장 신경 써야 할 공정이다.

작업을 마친 최종본은 동판집에 보낸다. 파일을 보내면 대략 이삼일 안에 최종본이 새겨진 동판을 받아볼 수 있다. 이렇게 디자인에서부터 동판이 만들어질 때까지 아내는 인쇄를 준비한다. 어떤 종이에 찍는 게 좋을지, 어떤 색을 써야 할지, 포장은 어떻게 하고 상품은 어느 플랫폼을 통해 판매할지 등은 아내의 몫이다.

종이를 주문하면, 종이가 재단집을 거쳐 우리 손에 들어온다. 배송된 박스를 열면 정갈하게 재단된 종이가 놓여 있다. 이를 그대로 사용하면 좋겠지만 검수 과정을 거쳐야 한다. 맨 위와 아래에 있는 종이들은, 맨눈으로는 잘 드러나지 않지만 대체로 재단기에서 찍히거나 눌려 있어 걸러주는 게 좋다. 알맞겠다 싶어 뽑아낸 종이들에도 쇳가루, 먼지 등 불순물이 묻어 있다. 붓으로 이를 꼼꼼히 털어내고 나면 그제야 종이는 인쇄할 준비를 마치게 된다.

비품으로 분류해놓은 종이는 핀을 맞추거나 색을 확인하

는 용도로 쓰기 때문에 비품의 수량은 양질의 인쇄 품질을 얻기 위한, 그리고 실패할 수 있는 양과 다를 바 없다. 이 연습과 실패의 과정 없이 곧바로 좋은 인쇄 품질을 얻기란 어렵다. 우리가 받은 모든 종이는 양품이든 비품이든 버려지는 것 한 장 없이 쓰인다.

레터프레스의 매력 중 하나는 백 년도 넘은 골동품 같은 기계를 사용하기 위해 다양한 최신 기기들을 활용한다는 사실에 있다. 레터프레스 장비 같은 옛날 기계는 언뜻 그 오래된 과거에 머물러 있는 것처럼 보인다. 주물의 단단함은 답답하고 고집스러운 노인을 연상케 한다. 하지만 여러 작업을 거치면서 깨달은 사실은, 우리가 작업의 능률을 올릴 수 있는 최신 기기를 찾고 공부해가는 것처럼 그 시대 사람들도 더 나은 효율을 내기 위해 다양한 장비들을 개발하고 발전시켜갔다는 점이다. 소형 테이블탑 프레스부터, 일반적으로 썼던 반자동 챈들러앤프라이스, 그리고 모터가 달린 자동화된 하이델베르크에 이르기까지 수많은 모델이 출시되었다. 현대 디지털 인쇄가 도래하기 전까지 인쇄 장인들이 각자의 작업 효율을 올리기 위해 지금의 우리처럼 더 나은 기계들을 연구하고 창안해냈다. '그 시대 사람들도 이렇게 종이를 재단해서 하나씩 검수를 했겠지?' '그 시절에 동판은 어떻게 만들었을까?' '아, 이래서 저렇게 큰 기계가 필요했던 거구나'… 우리는 일하는 동안 자연스럽게 그 시절을 떠올리며 그 시대 장인들이 걸었던 자취들을 하나씩 떠올려본다. 아직 그 발자취를 따라 밟는다고는 못 하겠다.

1. 스케치

스케치를 한다. "작업 중간중간에는 스케치된 느낌과 최종 결과물 간의 느낌이 얼마나 잘 맞아떨어지는지 계속해서 살핀다. 원본-스케치-최종본의 느낌이 고루 맞아떨어지는 게 가장 중요하다."

2. 종이 고르기

종이를 고른다. "우리가 받은 모든 종이는 양품이든 비품이든 버려지는 것 한 장 없이 쓰인다."

3. 잉크 선별

잉크를 고른다. 레터프레스에 쓰이는 잉크는 큰 인쇄소에서 쓰는 잉크와 다를 바 없다. (사진 속의 작은 통 잉크는 판화 전용 잉크)

4. 잉크 조색

잉크를 섞어 색을 만든다. 원하는 색상을 만들기 위해 잉크를 여러 번 조합해본다. 색이 마음에
들지 않으면 다시 조색해서 테스트해야 한다.

5. 롤러질

롤러질(잉킹)을 한다. "원판에 잉크를 묻히고 손잡이를 지렛대처럼 움직여주면 롤러가
오르락내리락하며 알아서 동판에 잉크를 펴 발라준다."

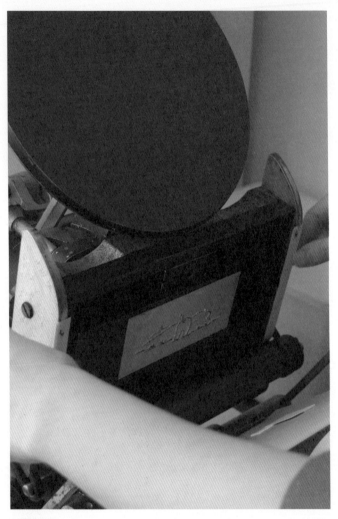

6. 동판 부착

동판 틀(체이스chase)을 끼운다. 핀 맞추기가 너무 힘들었던 스타터킷에 비해 아다나는 간단히
핀을 맞출 수가 있다. 잉크가 동판의 볼록한 부분에만 잘 묻도록, 동판의 두께에 따라 적절한
높이의 가이드 종이를 양쪽 가장자리에 붙여준다.

7. 인쇄

인쇄한다는 것은 곧 누르는 것. "압력은 온 힘을 쏟아부어 집중하지 않으면 곧잘 어긋났다. 얇은 종이 한 장 차이로도 압력은 달라졌다. 그와 동시에 아다나 베이스를 미세하게 움직일 수 있는 여섯 개의 축을 적절히 만져줘야 했다."

8. 건조

인쇄된 엽서들은 꺼내어 겹치지 않게 세워 건조시킨다. "인쇄된 결과물이 모두 미세하게
다르다는 것이 레터프레스의 장점 중 하나다. 똑같은 결과물은 없다."

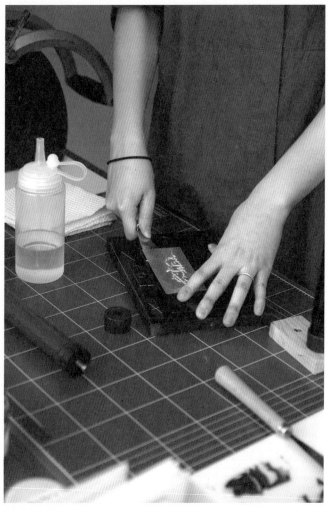

9. 인쇄 후 청소

작업이 끝나면 원판과 동판 틀의 잉크를 말끔히 닦아내고 동판을 분리해 보관한다.

10. 후가공_재단

엽서를 세세히 다시 재단한다. "이미 재단되어 온 종이이지만, 작품의 성격에 맞게 다시
재단하는 경우가 있다."

11. 가름끈

가름끈을 묶는다. "우리의 일과 중에는 레터프레스 인쇄 외에도 봉투를 제작하거나 책갈피에 구멍을 뚫고 아일렛을 박는 작업, 가름끈을 다는 작업 등 처음부터 끝까지 손으로 하는 작업이 많다."

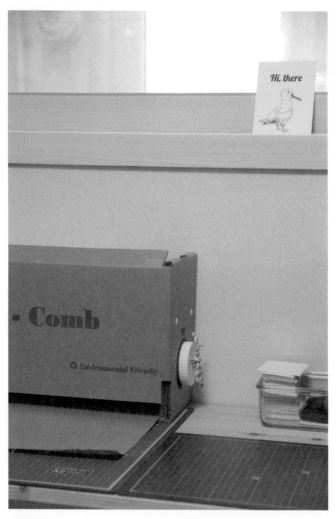

12. 배송

배송을 위해 포장한다. "포장도 하나의 균일한 틀로 하는 것이 물건을 받는 분께 신뢰를 주리라
생각한다."

이름을 짓다: '어느한장면'의 탄생

◎

태어나고 다섯 해를 외할머니 손에 컸다. 맞벌이로 바쁘신 부모님은 인천에서, 나는 부천 외할머니 댁에서 자랐다. 부모님은 바쁘고 힘든 와중에도 주말이면 어김없이 부천에 오셨고, 우리는 비록 짧지만 즐거운 시간을 보냈다. 그렇게 부모님을 보는 일은 좋았지만 그 시절 내게 주말은 '만나고 헤어지는 일이 반복되는, 모든 것을 납득할 수는 없는 시간'이기도 했다. 그 뒤로도 초등학교 저학년 시절엔 집에 돌아오면 혼자 있어야 할 때가 잦았다. 그 시절 맞벌이 가정의 형편은 비슷했을 것이다. 다만 어린 시절의 이 같은 부모의 공백은 그 뒤의 삶을 살아가며 이따금씩 설명하기 어려운 막연한 그리움을 던져주곤 했다.

아내의 어린 시절은 나의 그것과는 사뭇 다르다. 아버지는 회사를 다니고 어머니는 전업주부인, 그 시절의 교과서적인 모습의 가정에서 자랐다. 그럼에도 아버지와 소통에서 조금은 문제가 있었다고 하는데, 아내는 이것이 부부가 서로 다른 일을 하게 되면 다른 삶을 살게 되고 함께 나눌 수 있는 이야기가 줄어들 수밖에 없어서 생기는 문제 같다고 이야기했다. 전업주부인 어머니와 자식 간의 유대가 돈독할수록 아버지와 자식 사이의 소통이 어려워지는 것 아닐까라고도 말했다. 그 시절 우리네 아버지들에게 요구되었던 '과묵함'이 이러한 문제들을 더욱 부추겼으리라.

이런 문제들 말고는 나와 내 아내의 어린 시절은 대체로 평탄했다. 자애로운 부모님 곁에서 우리는 여유롭게 잘 자랐다고 갈음해도 될 것 같다. 다만 우리가 이러한 문제를 각자 되짚어보게 된 이유가 있었는데 그것은 바로 '우리 이제 무얼 해서 먹고살지?'라는 근원적인 물음 때문이었다. 결론적으로 우리에게 필요한 삶은 '가족이 함께하는 여유로운 삶'이었다. 돈은 적게 벌더라도 아이와 함께 우리 각자가 성장할 수 있는 환경을 조성해보고 싶었다. 일과 일상이 공존하고 그 속에서 가족끼리 유대감을 키워갈 수 있는 가정을 만들고 싶었다. 어떤 일을 하든, 작은 규모로 우리가 하나씩 만들어가는 삶을 지향한다는, 현대 사회의 기준으로는 다소 맥이 없어 보이고 다른 한편 현실적이지 않은 꿈을 품었던 것이다.

우리 스스로도 우리의 바람이 조금은 무리하다는 것을 알았기에 급여와 이윤의 끈은 놓을 수 없었다. 어떤 멋진 가치

관을 품고 살든지 일단 먹고살긴 해야 하지 않겠는가. 돈을 조금 벌든 많이 벌든, 뭐라도 벌긴 벌어야 결혼을 하든 아이를 키우든 우리의 다음을 기약할 수 있을 테니.

레터프레스를 익히고 공부해나가는 시간 동안 서로 말은 하지 않았지만 알고 있었다. 언젠가는 우리의 미래에 대해 짚고 넘어가야 한다는 사실을. 손에 일이 조금씩 익어갈 무렵이 되자, 우리는 한 가지 중요한 결정을 내려야 했다. 정말 이 길로 가야 할지, 아니면 다른 일을 알아보아야 할지… 바로 진로 문제였다. 손에 익을수록 레터프레스의 매력에 빠져들었고, 엽서, 책갈피 등 종이와 레터프레스 인쇄를 활용한 다양한 아이디어들이 떠오르기도 했지만, 어떤 제품을 만들어서 어떻게 팔 것인지에 대한 현실적인 문제가 우리 앞에 놓여 있었다.

레터프레스로 우리의 일상을 담아내고 싶었던 한편으로, 우리는 '자연'을 표현하고자 하는 바람도 품었다. 평소에 우리는 내셔널지오그래픽, BBC 자연 다큐 같은 프로그램을 즐겨 보았다. 특히 북극곰, 알바트로스, 홍학, 하마 등이 나오는 동물 다큐에 관심이 많았다. 동물을 좋아하기도 했고, 그들이 가지각색으로 살아가는 모습을 알아가는 게 재미있었다. 그들이 사는 면면을 보며 내가 살고 있는 인간 사회가 이 세상의 일부분일 뿐이라는 것도 깨달을 수 있었다.

우리의 초창기 작품들에는 우리의 이런 취향이 드러난다. 동물들이 대거 등장하는 것이다. 하지만 동물들을 그린 작품들은 결국 판매하지 않았다. 모니터 속 아름다운 자연이 무척 아름답긴 하지만, 우리는 우리가 직접 보고 느낀 것을 작품에 담아내고 싶었다. 우리가 태백으로 이주하게 된 것도 어쩌면 이런 이유에서 비롯되었는지 모른다. 태백에서는 그 전에 서울 빌라촌에서 살았을 때보다는 우리가 작품으로 구현해보았으면 하는 장면들을 자주 마주칠 수 있다. 물론 북극곰, 알바트로스, 홍학은 없지만 말이다.

우리가 작품에 담고자 한 '직접 보고 느낀 것'은 다름 아닌 일상에서 마주치는 것, 우리 마음을 편안하게 해주는, 내 주변에 널리고 널린 것들이었다. 작가 스스로가 편하게 여기는 것이 다른 이들에게도 편하게 느껴지지 않을까 하는 마음이었다.

이처럼 이러쿵저러쿵 어떤 제품을 만들지에 이유를 붙이고 의미를 부여하는 일은 우리의 가치관에 따른 것이니 그렇다 쳐도, 그 작품을 도대체 어떻게 판매해야 할까는 여전히 아리송했다. 어떻게 팔까. 이 질문에 맞닥뜨렸을 때 나는 '일단 무엇이든 팔아봐야 알 수 있는 것 아니겠느냐'라는 다소 막무가내의 태도였다. 하지만 아내는 생각이 달랐다. '어떻게 팔 것인지를 먼저 생각해보자.' 나보다는 현실적인 태도였다. 어느새 아내와 나 둘 다 딱히 답도 없이 책상에 마주 앉아 이런 대화를 되풀이하는 일이 잦아졌다.

그렇게 얼마나 지났을까. 어느 날 아내가 확신에 찬 듯 말을 꺼냈다. "아니, 뭘 팔려면 일단은 브랜드가 있어야 하는 것 아니에요?" 아내는 우선 우리의 회사 이름을 정하자고 했다. 맞다. 무엇을 팔든지 우리가 어떤 브랜드인지를 미리 정해야 한다. 이름도 없이 뭔가를 판다는 건 말이 안 된다. 그때부터 우리는, 어떻게 팔 것인가라는 질문은 잠시 제쳐두고 브랜드 이름 짓기라는 고민에 빠졌다. 가급적 평생토록 쓸 이름을 지으면 좋겠다는 생각이었으니, 이건 거의 후손의 이름을 짓는 것이나 다를 바 없었다. 회사 이름이니 우리의 사업이 가진 지향을 담아내는 혁신적이면서도 명료한 이름이면 좋을 것 같은데…

며칠간 대화를 이어가다가 우리가 처음 지어본 회사 이름은 페이퍼글립스(paperglyphs)였다. 암각화를 뜻하는 페트로글립스(petroglyphs, 여기서 petro는 암석을, glyphs는 판화같이 파내고 깎는 행위를 통칭한다)에서 착안하여 종이(paper)와 판화

(glyphs)를 합한 이름이었다. 어떤가, 이 이름이?

'안타깝게도' 최종적으로는 이 이름을 쓰지 않기로 결정하긴 했지만, 페이퍼글립스는 우리가 생각하는 레터프레스의 매력을 잘 표현해주는 이름이다. 일단 레터프레스의 매력은 두꺼운 종이에 찍힌 압 표현에서 드러나는데, 암각화 또한 레터프레스의 압 표현과 그 모양이 유사하다. 커다란 암석에다 그림을 새겨 넣는 암각화처럼 레터프레스도 어떻게 보면 종이에 그림을 새겨 넣는 일 아닌가.

다만 페이퍼글립스는 너무 학술적으로 들린다는 흠이 있었다. 우리가 만들어내는 것들이 작고 소박한 무엇인가일 텐데 그에 비해 이름이 너무 거창한 것 같다는 고민이 들었다. 아무래도 나는 우리가 이 일을 대하는 태도나 삶을 되짚다 보면 좋은 아이디어가 나올 수도 있지 않을까 생각했다. 그러다가 컴퓨터를 켜고 우리가 당시에 그려놓은 그림들을 다시금 열어보기로 했다. 옆에는 아내가 앉았다.

이 사진부터 보자. 맞아, 초반에는 동물 다큐멘터리의 스냅 사진을 따라 그렸었지. 우리가 만든 작품이라고 말하기에는 겸연쩍은 그림들이야. 그 뒤로는 우리 주변에서 그림의 대상을 찾아보기로 했잖아. 집 앞 공원 벤치의 참새 떼가 날아가는 풍경이라든지, 지나가는 행인, 주인과 산책하는 불도그 등… 하루를 살다 보면 마음에 남는 장면이 하나씩은 있잖아.

내 마음속에 들어온 장면들을 보따리를 풀어놓듯 그리면 좋겠다…

그날은 그렇게 사진만 들여다보고는 또렷한 결론을 내리지 못하고 파했다. 며칠 뒤 우리는 다시 원점으로 돌아왔다. 아내는 며칠 동안 고민해보았는데 페이퍼클립스는 확 당기는 무언가가 없다고 했다. 책상에 마주 앉아 아무 말 없이 우리는 다시 깊은 고민에 빠졌다. 이윽고 내가 먼저 말을 꺼냈다. 좀 전체적으로 우리를 돌아봐야겠다는 생각에서였다.

"일단 우리가 어떤 그림을 그려서 종이에 담아내려고 하는지 생각해볼 필요가 있을 것 같아요. 우리 주위에서 보고 느끼는 어느 한 장면을 우리가 그려서…" 아내는 갑자기 내 말을 황급히 자르더니 반짝이는 눈빛으로 "그거야!" 외쳤다. 무슨 말을 더 하려나 기다리다가 내가 본래 하려던 말을 계속 이어나갔다. "그러니까, 우리 주위에 밟히는 어느 한 장면을 우리가 그려서 종이에…" 아내가 다시 한번 더 말을 자르더니 "그거라니까요, 어느 한 장면!" "그러니까. 어느 한 장면을…"

늘 이런 식이다. 내가 뭔가 열심히 설명하면 아내는 내가 하는 이야기를 듣다가 불현듯 내 말을 가로막고는 답을 내놓는다. 언뜻 엉뚱하게 들리는 그 답은 신기하게도 우리 마음속 깊은 곳의 답안지에 근접한다. 아무리 생각해봐도 우리는 썩 잘 맞는 것 같다.

우리의 이름 '어느한장면'이 만들어진 이야기는 여기까지다.
실은 페이퍼글립스 이외에도 몇 개 이름이 더 나왔다. 다만
그 이름들은 하나같이 거창했다. 회사의 처음이니까 거창한
외양을 갖추고 힘을 팍 주어야 한다는 생각이 있어서였을까.
우리는 그 무게에 다소 짓눌리는 듯도 했다. 하지만 '어느한
장면'이라는 이름은 소박하고 단출하게 들렸다. 다른 것보다
우리가 하는 일을 단번에 이해시킬 수 있는, 명쾌한 이름이
었다.

아내는 인생의 중요한 기억들이 하나의 장면들로 머릿속
에 남는다고 말한다. 인생의 한 부분을 표현하는 '순간' '조각'
'기억' 등 다양한 표현들이 있지만, 그중에서도 '장면'이라는
표현이 가장 좋다고 이야기한다. 여기서 한발 더 나아가 우리
는 우리가 만든 장면이 누군가의 삶의 한 장면에서도 함께하
면 좋겠다고 생각해본다. 특별한 순간에 크고 거창하게 등장
하는 것이 아니라, 평소와 다를 바 없는, 어느 날 청소를 하다
가 불쑥 등장해 웃음을 짓게 만드는 작은 소품으로 말이다.

중요한 것은 '그냥 하는 것'

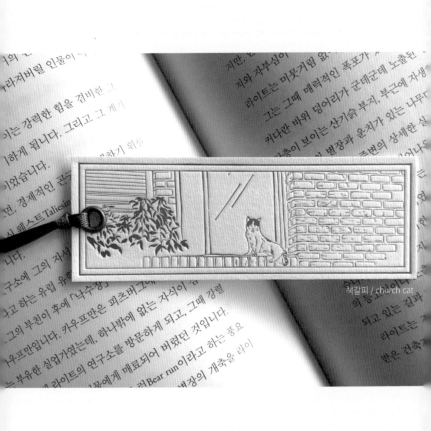

책갈피 / church cat

◎

레터프레스에 대해 조금씩 알아갈 무렵, 우리는 매번 작업을 시작할 때마다 큰 두려움을 느꼈다. 작업의 변수가 너무 많았기 때문이다. 원하는 색상을 만들기 위해 잉크를 여러 번 조합해보고 아다나에 펴 발라 테스트 겸 찍어보면 기대와 다르게 색이 촌스러운 느낌이 들고 찍힌 압력도 일정하지 않았다. 잉크 색을 조합해볼 때와 아다나 판에 펴 발랐을 때, 그리고 종이에 찍혔을 때 모두 색이 달랐다. 조명에 따라 다르게 보이기도 했고, 누가 보느냐에 따라서도 다르게 느껴졌다.

그러다 보니 우리는 인쇄만 시작하면 늘 혼란스러웠다. 혼란스러울수록 우리가 치러야 할 대가는 커졌다. 색이 마음에 들지 않으면 다시 조색해서 테스트해야 했고 그러려면 아다나에 펴 발린 잉크를 닦아내야 하고 롤러도 깨끗하게 닦아 처음 상태로 되돌려놔야 했다. 그렇게 다시 처음부터 시작할 때면 그 지난한 과정도 과정이지만, 다시 시작한다고 우리가 원하는 결과물을 얻을 수 있을 거란 확신이 거의 제로에 가까웠다. 그러다 보니 작업을 시작하는 것 자체가 부담스러웠다. 다시 처음으로 돌아간다고 해서 딱히 답이 나오는 게 아니었으니, 기계들을 닦는 일이 더욱 지치고 힘들게 느껴졌다.

조색은 그렇다 쳐도 압력은 온 힘을 쏟아부어 집중하지 않으면 곧잘 어긋났다. 얇은 종이 한 장 차이로도 압력은 달라졌다. 그와 동시에 아다나 베이스를 미세하게 움직일 수 있는 여섯 개의 축을 적절히 만져줘야 했다. 그 '적절히'나 '적당히'는 책이나 인터넷 어디에도 나와 있지 않았다. 동판이 일정하게 종이와 만나기 위해서는 '무슨 짓'이든 해야 한다는 현실 앞에 섰을 뿐이다. 디지털 환경에서 인쇄 품질을 '설정'한다던지, 흑백인지 컬러인지, 너비, 높이 등의 수치를 입력하는 식으로 클릭 한 번에 가능한 일이 여기엔 단 한 개도 없었다. 어디에도 기준이 없었고 기댈 곳이 없었다. 그러다 보니 작은 초록잎 하나를 찍는 일조차 거대한 산 하나를 넘는 것처럼 느껴지기도 했다.

우리 두 사람은 한동안 역할을 나누어 작업했다. 아내는 실질적인 레터프레스 작업을 하고 나는 동판과 롤러를 닦아 작업을 다시 처음으로 되돌리는 일을 맡았다. 색을 맞춰보는 일은 같이했다. 시작하는 일 자체가 너무 두려운 일이다 보니 두 사람이 한번 이겨내보자는 마음이었다. 실제로 작업을 처음으로 되돌리고 다시 찍는 것을 장시간 반복하는 것을 혼자 치르기란 쉽지 않았다.

그러나 날이 갈수록 작업에 쏟는 시간보다 책상에 앉아 고민하고 이야기를 나누는 시간이 더 많아졌다. 실질적인 작업이 지체되자 서로 다투는 일도 늘었다. 가령 색을 맞출 때에 내가 어느 색이 괜찮다고 하면 아내는 좀 더 다른 색이 좋겠다고 했다. 하지만 실상 그 '좀 더 다른 색'이 무엇인지 알 수가 없었기 때문에 의견은 좁혀지지 않았다. 서로의 생각은 있었지만 '그 색'이 눈앞에 등장하지 않는 이상 의견이고 토론이고 의미 없는 일이었다. 탁상공론만 하다 지치고는 급기야 상대방이 자신의 이야기를 들어주지 않는다는 이유로 등을 돌리곤 했다.

두 사람이 작업을 같이한다는 것은 그리 좋은 방법이 아니었다. 조색에서부터 의견이 다르면 그 이후의 모든 작업에 대한 확신이 그만큼 줄어들었다. 누르고 찍고 닦는 일 모두에서 사사건건 부딪히니 결과물이 나와도 과연 잘된 것인지 의심스러워졌다. 아무리 좋은 결과물이 나와도 흡족하지 않았다.

상의 끝에 아내와 내가 역할을 다시 나눠보았다. 나는 그림과 디자인을, 아내는 레터프레스 인쇄와 기획을 맡기로 했다. 이제, 인쇄는 한 사람이 처음부터 끝까지 해보는 것이다. 조색부터 인쇄, 그리고 처음으로 되돌리는 일까지 모두 한 사람의 호흡으로만.

역할을 나누고 얼마간 아내는 정말 많이 힘들어했다. 작업을 시작할 엄두를 내지 못했다. 그렇게 꾸역꾸역 작업을 끝내고 나면 아내는 늘 녹초가 되었다. 그 당시 아내는 이 말을 자주 했다. "예측할 수 없는 변수들 때문에 너무 괴로워요." 그러나 아내의 그 말과는 다르게 결과물들은 전에 비해 훨씬 좋았다. 나는 늘 아내의 결과물이 마음에 들었고 연신 '좋다'고 이야기해주었다. 그때 나는 알았다. 한 사람의 호흡으로 일이 시작되고 마무리가 되어야 그 사람의 생각과 가치관이 일관성 있게 담긴다는 사실을, 그런 일관된 작업들이 쌓여가면서 우리에게 확신을 가져다준다는 사실을 말이다.

그러던 어느 날 저 멀리 작업대 쪽에서 흥얼흥얼 노랫소리가 들렸다. 아내가 작업을 마치고 앉아 콧노래를 부르며 핸드폰을 들여다보고 있었다. 그 뒷모습을 보며 물었다. "오늘은 그냥 쉬기로 한 거예요?" "아뇨. 롤러 닦고 조색하고 인쇄하고 뒷정리하는 일이 예전만큼 힘들지 않아요. 신기하죠? 왜 힘들지 않지?" 예전에는 이 모든 일 하나하나가 큰 산을 넘는 일이었는데, 영원히 시달릴 것만 같았던 고통이 사라진 느낌이라며 신기해했다. 자기 자신을 넘어선 듯한 눈빛으로 나를 바라보면서.

우리의 일과 중에는 레터프레스 인쇄 외에도 봉투를 제작하거나 책갈피에 구멍을 뚫고 아일렛을 박는 작업, 가름끈을 다는 작업 등 처음부터 끝까지 손으로 하는 작업이 많다. 그 때마다 처음에는 '어떻게 하지?' '100장씩 이걸 다 만들어야 한다고?'라는 막막함이 있었다. 처음에는 늘 이렇게 아득하고 두려웠다. 하지만 그저 묵묵히 계속 해나가면 내 손과 발이 어느덧 익숙하게 그 일을 해내고 있다.

뭐든 계속하면 익숙해진다. 이 단순한 진리가 슬그머니 우리 앞에 등장했다. 아내는 내게 고맙다고 했다. 늘 옆에서 지켜봐주고, 결과물에 대해 꼼꼼히 피드백을 주어서 여기까지 올 수 있었던 것 같다고 했다. 실제로 나와 아내는 작업 스타일이 판이하다. 아내는 신중하고 효율을 중요시하는 반면 나는 무엇이든 시도해보고 안 되면 다시 하는 스타일이다. 그러니 서로가 서로에게 답답함을 느꼈던 것도 사실이다. 그러나 둘이 업무를 명확하게 나눈 뒤로는 그런 마찰이 줄어들었다.

물론 아내가 이 작업에 정말 익숙해질 수 있을까 하는 의심도 있었다. 이러다가 그냥 관둔다고 하는 것은 아닌지, 지켜보는 게 힘들 때도 있었다. 그래서였을까. 아내의 말은 내게 큰 안도감을 주었다. 아내가 무언가 자신의 한계를 넘어 다른 곳으로 나아가는 느낌이 들었다. 그 이후 나 역시 그림을 그리는 데에 더 많이 집중할 수 있게 되었고, 우리는 그렇게 각자의 산을 넘으며 함께 성장해갔다.

며칠 전에는 아내가 끙끙대고 있길래 무엇을 하나 들여다보았다. 아내는 책갈피에 묶을 가름끈 200개를 고데기로 하나씩 펴고 있었다. 이번에 들어온 원단이 고급스러운 촉감은 좋은데 너무 부드러워서 한번 접힌 뒤로는 잘 펴지지 않는데, 그 접힌 자국이 마음에 들지 않아 하나씩 펴고 있다고 했다. 혼이 나간 얼굴이어서 괜찮냐고 물었는데 아내는 내 질문을 듣는 둥 마는 둥, 본인이 힘든 것도 모르는 듯했다. 그저 가름끈을 펴야 한다는 일념뿐이었다.

물론 이렇게 해야 이 책갈피를 받는 사람도 기분 좋지 않겠느냐 하는 뜻은 알겠는데, 너무나 수고스러운 일이었다. 꼭 그렇게까지 해야 하느냐고 물었더니 아내는, "처음에는 힘들었는데 이것도 뭐 하다 보니 익숙해지더라고요"라고 답했다. 그보다 더 큰 문제는 가름끈을 책갈피 구멍에 넥타이처럼 묶는 일이라고 했다. 이건 또 무슨 소린가 들어보니, 끈이 너무 부드러워서 일반적인 묶음 방식으로는 고정이 되지 않고 금방 풀어져버리기 때문에 넥타이를 매는 방식으로 묶어야 단단하게 묶인다는 것이었다. 그렇다면 그 작업을 또 200번 해야 한다는 소리인데… 도와달라고 할 법도 한데 그런 말 한마디 없이 다음날까지 하나씩 책갈피에 넥타이를 묶어주고 있었다.

이와 같은 일이 우리의 일상을 채워가면서 우리는 아무리 힘들고 막막해 보이는 일이어도 그저 묵묵히 하다 보면 익숙해진다는 믿음을 얻었다. 처음엔 원래 다 힘든 법이니까. 중요한 것은 '그냥 하는 것' 그리고 그 일을 지속하는 것이다. 이러한 믿음은 우리가 인생을 살아가는 방식 전반에도 도움을 주었다. 서울을 떠나 태백으로 이주하겠다는 생각도 처음에는 무모하고 막연해 보일 뿐이었다. 하지만 '시골살이도 하다 보면 뭐 어떻게든 익숙해지겠지'라는 생각을 품고 살아보니 이곳에서의 삶도 그리 어렵게 느껴지지만은 않았다.

태백으로 *이주를 결심하다

With all my thanks

◎

태백으로 이주해 온 뒤에 동네 이웃과 만나면 "어쩌다 태백까지 오게 됐어요?"라는 질문을 받을 때가 있다. 여기 산 지 벌써 2년이 지났으니 이제는 익숙하게 대답할 수 있지만 이주 초기에는 저 말에 어떻게 대답해야 할지 몰라 항상 고민스러웠다.

아내와 나는 서로 다른 대학을 나왔다. 아내는 안산에 있는 학교로 매일 지하철과 '빨간 버스'라 부르던 광역버스를 타고 통학했다. 집에서 양재역까지 지하철 15분, 양재역에서 학교까지 광역버스 1시간. 그 당시 아내에게는 광역버스를 타고 가는 1시간의 시간보다 지하철 안의 15분이 훨씬 큰 고통이었다고 한다. 출근시간에 서울 지하철을 한 번이라도 타본 사람이라면 잘 알겠지만 그 시간대의 지하철은 '탄다'라는 표현보다는 '견딘다'라는 표현이 더 어울린다. 더군다나 그런 견디는 시간을 일상, 더 나아가서 인생의 한 부분으로 만들고 싶은 사람은 없을 것이다. 나 역시 시외버스를 타기 위해 남부터미널역까지 가는 시간이 가장 고통스러웠다. 하지만 수업을 들으러 가야 하는 이상 매일 지하철을 타야 했고, 그곳의 동승자들과 함께 그 밀도를 견뎌내야 했다.

누구나 끔찍이도 싫어하는 것이 있을 것이다. 나와 아내는 사람 많은 곳을 견디기 힘들어한다. '뭐 먹을래요?'라고 물으면 아내는 '조용한 곳'이라고 답한다. 우리는 음식이 맛없는 것보다 북적거리는 사람들 틈바구니 속에서 식사하는 일이 더 힘들다. 그런 곳에서는 음식도, 서로의 이야기에도 집중할 수가 없다. 아내는 늘 조용하고 사람이 많지 않은 곳을 찾아 헤맸고, 그런 곳을 찾아낸 날이면 본인만의 신대륙을 발견한 것처럼 기뻐했다.

결혼 전 나는 서울 송파구 가락동의 빌라촌에 살았다. 그 당시 수서에서 부모님과 함께 살고 있던 아내는 아침이면 나의 원룸으로 출근을 했고 밤 느지막이 퇴근했다. 작은 원룸 안에서 작업에 열중하다 보면 쉬고 싶어지기 마련인데 쉴 곳이 마땅찮았다. 기계를 들인 후 그것을 바닥에 놓고 쭈그려 앉아 작업하는 게 불편해져서 침대를 처분하고 책상을 들였는데, 그것이 화근이었다. 바닥에 이부자리를 펴고 잠이 들기 전까지는 내내 서서 일하거나 의자에 앉아 있어야 했다. 더군다나 원룸의 동선은 다섯 발자국 이상을 넘지 않았다. 그러니 작업이 고된 날이면 밖으로 나가 코에 바람을 쐬고 와야 위안이 되었다.

현관문을 열고 나서면 일단 갈 곳은 많았다. 날마다 번갈아 가는 카페도 있었고, 밥집도, 산책 코스도 있었다. 날이 좋으면 우리는 함께 공원을 찾아 걸었다. 아내는 공원이 좋은 건 하늘을 가리는 전깃줄이 없기 때문이라고 말했다. 우리는 집 앞 작은 공원의 오래된 나무와 철쭉을 좋아했다. 봄마다 흐드러지게 꽃을 피우는 벚나무도 좋았고 계절의 제일 앞에서 자리를 잡는 목련도 좋았다. 어떤 날에는 벤치에 오래 앉아 우리 앞을 지나는 행인과 날아오르는 참새 떼를 구경하곤 했다. 그럼에도 해소되지 않는 갈증이 분명 있었다. 우리가 원하는 장면을 만들어주는 것이 이 작은 공원뿐이라는 느낌을 지울 수 없었다. 동네를 조금만 벗어나면 갈 곳 투성이었지만 고를 선택지가 많다는 것이 마냥 좋은 것만도 아니었다. 무엇이든 많은 곳에 살면 그 수많은 선택지에 둘러싸여 정작 내가 무엇을 원하는지 아리송해지는 때가 있었다.

그 시절 서울 송파구에는 헬리오시티가 지어지고 있었다 (2018년 12월에 입주를 시작했다). 이런 거대한 인프라가 생기는 것을 반기는 사람들도 있겠지만 적어도 우리는 그런 사람들 속에 포함되지 않았다. 건물이 올라가기 전에 그 자리를 차지하고 있던 넓은 공터가 좋았다. 시야가 탁 트여 마음이 개운

했다. 그 드넓은 공터 위로 하루하루 높아지는 아파트 장벽을 보며 출근하던 아내는 어느 날 이런 다짐을 했단다. '저 아파트가 다 지어지기 전에 반드시 서울을 떠나리라.' 목표 설정이나 계획 수립 같은 단어들과는 거리가 먼 아내가 처음으로 목적이라는 걸 품어본 때가 그때였을 것이다. 실제로는 헬리오시티의 입주가 다 끝나고도 반년이 지나고서야 태백으로 오게 됐지만 말이다.

이제 구체적으로 이주할 곳을 골라야 할 때가 다가왔다. 나는 용인 같은 경기도권이 좋지 않겠느냐고 운을 띄웠다. 아내는 고개를 저었다. 그러곤 불쑥, 강원도에서 살고 싶다고 말했다. 어렸을 적부터 부모님을 따라 매년 강원도로 여름휴가를 다녀왔는데, 강원도의 거대한 산과 드넓은 바다는 언제 봐도 좋다고 했다. 막연하지만 아내는 자연에 가까이 살고 싶다는 마음을 오래전부터 품고 있었다.

다행히 아내와 나 사이에는 '서울만 아니면 된다'는 접점이 있었고, 그렇게 우리는 어떤 갈등 없이 자연스럽게 강원도로 행선지를 정했다. 그런데 강원도의 어디로 가야 할까. 강원도가 얼마나 큰데… 이는 서울 밖을 전혀 모르던 그 시절의 우리를 잘 보여주는 대목이다. 서울을 떠나 강원도로 가야겠다고 마음을 먹은 뒤에야 강원도 곳곳을 두루 둘러보았다. 이곳저곳을 다니긴 했는데, 그 각각의 후보지들이 시설, 환경

면에서 살기 좋은지 아닌지를 떠나서 정착할지 말지 마음이 선뜻 나서지 않았다. 난감한 일이었다.

그러다가 2018년 6월 어느 날, 우리는 태백의 이모 댁에 놀러갔다. 어린 시절과 마찬가지로 마당에서 고기도 구워 먹고 늦은 밤 태백의 신선하고 시원한 바람을 맞으며 별도 보았다. 그 무렵 우리는 이주에 대한 생각이 확고했기 때문에 이모께 태백에서의 삶은 어떤지 이것저것 여쭈었다.

이모가 살고 있는 태백 문곡동 사배리골은 시내에서 좀 더 깊숙이 들어가야 있는, 몇 가구 없는 한적한 시골 동네다. 겹겹이 산으로 둘러싸여 계절의 변화가 입체적으로 다가오는 아름다운 곳이다. 한여름 나무 그늘 아래 앉아 골 따라 내려오는 시원한 계곡물에 발을 담그고 있자면 이보다 좋은 피서처가 또 없다. 그렇다고 그곳에 살고 싶지는 않았다. 북적이는 서울에서 벗어나고 싶은 것은 맞지만, 그렇다고 아무 편의 시설도 없는 시골 동네에서 자리 잡을 만큼까지는 아니었다. 적어도 새로 살 동네에 편의점 하나는 있어야 한다고 농담 반 진담 반 이야길 했지만 실은 정말 그랬다. 우리 일 때문에라도 택배는 언제든 보낼 수 있어야 하지 않겠는가.

아내는 그 전까지는 사실 태백이란 도시가 있는 줄도 몰랐다고 한다. 나보다 더욱 숙맥인 사람이 있을 줄이야. 아내는 나를 따라 태백을 처음 찾았을 때 "거대한 산들의 장벽에 둘러싸인 작은 도시네요"라고 말했다(아내에게 태백은 교과서에서 배운 태백산맥의 태백일 뿐이었으니 그렇게 느낄 만도 했다). 맞다, 그때까지만 해도 나도 그런 곳인 줄 알았다.

하지만 이모를 보러 오랜만에 찾아간 태백은 내가 과거에 알던 태백과는 달랐다. 이모가 사는 산골과는 다르게 제법 도시의 모습을 갖춘 시내의 풍경이 색다르게 느껴졌다. 생각지 못한 호감이 불쑥 들었다. 아내는 올리브영 매장을 보고 반가워했다. 막상 화장품은 다른 곳에서 사면서도 '뼛속까지 도시인'인 아내에게 올리브영의 존재란 이곳이 아주 낯선 곳은 아니라는 안심을 준 듯했다.

태백에 대한 선입견이 조금씩 누그러졌다. 차를 몰고 시내 이곳저곳을 돌아다니는데 수많은 편의점, 분주해 보이는 마트, 번듯하게 지어진 시청, 사람들로 북적이는 상권, 크진 않지만 있을 건 다 있었다. 어릴 적 보았던 문곡동 사배리골과는 매우 달랐다. 교통체증 없고, 도시도 시골도 아닌 그 애매함, 하지만 그런 흐리멍덩한 느낌이 썩 마음에 들었다.

시내의 주도로인 태백로를 중심으로 몇 블록이면 어디든 진입할 수 있을 정도로 길은 매우 단순하다. 길을 잘못 들어도 그 길을 따라가다 보면 대로와 만난다. 애초에 '잘못 들어온 길'이란 게 있을 수 없다. 더불어 시골이라는 말이 무색하게 비포장도로는 찾아보기 어렵다. 깊은 골짜기로 들어가지 않는 이상 대부분의 도로가 아스팔트로 잘 포장되어 있다. 그런데 교통체증이 없다니…

이모와 나눈 대화에서도 태백이 살 만한 도시라는 걸 느낄 수 있었다. 공기 좋고 인심 후하다는 다소 뻔해 보이는 말도 내 이모 입에서 나오니 왠지 실감나게 와닿았다. 마음이 더 움직인 것은 이모가 본인의 삶을 가감없이 보여준 덕택이기도 하다. 덜 예뻐 보일지라도, 이모는 자신의 집 안과 마당 구석구석을, 마을의 이모저모를 있는 그대로 보여주고 들려주었다.

이모의 정갈한 성품 때문인지 넓은 마당은 잘 정리되어 있다. 여름이면 잡초들이 제멋대로 자라는 곳임에도 새벽마다 일어나 눈에 보이는 대로 뽑아준 덕분이다. 마당 한편의 작은 텃밭에는 상추, 대파, 파프리카가 먹을 만큼만 소담히 심어져 있다. 크고 작은 돌들이 텃밭 주위를 돌담처럼 감싸고 있는데 딱 보아도 마당에 굴러다니는 돌로 쌓은 것이다. 제대로 위용을 갖춘 텃밭은 아니었지만 필요한 만큼의 것들로 이루어진 작은 텃밭이 집주인의 개성을 드러내준다. 무엇이든 크고 많은 서울의 삶과는 사뭇 다른, 조그맣고 자잘한 것들의 멋이 분명 느껴졌다.

그날, 나도 그랬지만 아내는 마음이 더 끌렸던 듯하다. 그 뒤로 우리는 틈이 날 적마다 태백을 찾았고 이곳저곳을 둘러보았다. 태백에 대해 알아갈 기회가 많이 주어지면서 이주에 대한 결정도 비교적 쉬워졌다. 그리하여 2019년 9월, 우리는 태백에 신혼집을 차렸다.

"이모도 살고 계시고, 다른 농촌 지역과는 다르게 소 똥 냄새가 나지 않아서 좋은 것 같아요." 이렇게 대답을 하면 동네 어르신들은 까르르 웃으며 "그래. 맞네, 맞네" 맞장구를 치신다. 결혼 준비, 결혼식, 신혼집, 이주 등 정신없이 앞으로만 내달렸던 우리에게 '왜 태백에서 사느냐'는 질문에 대한 답은 여전히 숙제다. 아마 우리는 여기서 사는 내내 이 질문을 듣게 될 것이다. '왜 사냐건 웃지요'라는 시구가 괜히 만들어진 게 아닌 듯도 하다.

시소한 것들이 주는 영감

엽서 / two dogs

◎

봄이 오니 자연 가까이에 사는 것이 더 와닿는다. 차를 몰고 가는 길마다 꽃나무들이 군데군데 피어 있다. 참 예쁘다. 겨울 동안 무심히 지나쳤던 골목에서 '어! 저기에 매화나무가 있었네?' 하며 발견하는 일이 잦아진다. 꽃나무들은 그 종류도 다양하고 크기도 제각각이다. 거름 한 바가지 뿌려주지 않아도 저희들끼리 알아서 지천에 꽃을 피운다. 서울에선 공원에서 관리해주는 꽃, 아파트 단지에서 의무 조경하는 화단 정도만 볼 수 있는 게 다였는데, 이곳은 이름 모를 꽃들이 아무렇게나 어울려 자란다. 아내와 나의 인생에서 한 번도 볼 수 없었던 봄의 풍경이다.

나무 한 그루마다 세세히 살펴보는 시간보다 산을 바라보며 그 커다란 땅의 변화를 느끼는 시간이 늘어난 것도 전과 달라진 점이다. 나무의 아름다움이나 내 앞의 물체의 이모저모를 뜯어보고 헤아려보는 시간도 그 나름 의미가 있지만, 여기 태백에 와서는 나를 둘러싼 풍경 전체, 이 산 너머이 저 산, 그리고 그 너머의 공간을 보며 감탄하는 시간이 늘었다. 태백에 이사 오기 전 머릿속에 그려보았던 장면을 훨씬 뛰어넘는 것들이다. 전혀 예상하지 못했던 풍경 앞에서 아내와 나는 감사함을 느낀다. 이 풍경 앞에서 우리는 겸허해진다.

우리 집 거실 베란다 맞은편에는 산이 하나 있다. 산속을 어슬렁거리는 들고양이나 뛰어다니는 고라니가 보일 정도로 지척에 있다. 처음에는 이렇게 산이 가까이 있다는 게 생경하게 느껴졌지만, 이제는 눈에 좀 익었다고 그 풍경 속 자연의 흐름에 익숙해졌다. 저 숲의 겨울, 봄, 다시 여름으로 넘어가는 모습을 오롯이 집에서 바라볼 수 있어 좋다.

특히 봄 한철 비가 오는 날에는 정말 산속에 살고 있다는 실감이 난다. 골짜기에서 피어오르는 물안개는 하얀 연기처럼 하늘로 오르기도 하고 산등성이를 넘나들며 서서히 퍼져 나가기도 한다. 비가 내리고 나면 본래도 맑았던 공기가 한층 더 맑아진다. 어느새 상쾌한 기운이 나를 일으켜 세워주는 듯하다.

맑은 날이면 아내와 곧잘 문을 나선다. 우리가 살고 있는 장성이라는 마을은 그 어귀를 한 바퀴 도는 데 20분도 채 걸리지 않는다. 그래서 조금 더 걷고 싶은 날엔 동구 밖의 하장성으로 발걸음을 옮긴다. 그곳까지 가는 길은 복잡하지 않다.

장성 굴다리 밑을 지나 그 길로 쭉 따라가기만 하면 된다. 왼쪽엔 잘 정비된 하천이 있고 하천 너머에 큰 산이 있다. '산이 있다'기보다는 산속에 시내가 있고 집이 있고 우리가 있다는 표현이 더 맞겠지만.

우리 부부에게 걷기는 무척 소중하다. 특히 온종일 태블릿 PC 앞에서 스케치를 하고, 프레스 기계 앞에서 있는 힘 없는 힘을 모두 다 짜내서 일하고 나면 녹초가 되기 마련이다. 그러다가 어느 하루 날을 잡고 걸으면, 그동안 온통 상체에만 쏠려 있던 기운이 온몸 골고루 퍼지는 듯하다.

산책을 나가면 우리가 일에 골몰해 있느라 보지 못했던 것들이 나타난다. 매번 무언가 조금씩 변해 있다. 볕이 잘 드는 길가에 장미가 꽃봉오리 틔우는 걸 목격하기도 한다. 길가의 어느 집 담장 너머에서 강아지가 우릴 보고 맹렬히 짖어댄다. 처음에 마주쳤을 땐 그 강아지가 얼마나 호통을 쳐대는지 그 길로 맞은편 하천길로 걸음을 옮겼다. 무서워라. 그 뒤로도 먼발치서 우릴 보면 으르렁대기 일쑤였는데, 수없이 그 앞을 지나면서 어느새 심드렁해진 듯하다. 이제는 우릴 힐끗 보고 다시 제 마당으로 돌아간다. 그런 무관심이 괜히 서운하기도 하다.

우리를 반겨주는 동물도 있다. 하장성에 도착하면 꼭 한 번씩 안부를 확인하는 고양이다. 토실토실 복스럽게 생긴 친

구다. 그 동네 슈퍼마켓 앞 박스 위에 누워 볕을 즐기며 우리를 맞이해준다. 볼 때마다 같은 자리에 같은 자세로 있다. 그 녀석 표정을 보면 '이제 왔느냐' 하며 반겨주는 것 같기도 하다. 따사로운 햇볕과 알록달록 물들어가는 산, 적막하다시피 조용한 동네, 그리고 박스 위에서 늘어지게 낮잠을 자는 고양이를 보고 있노라면 '평화'라는 단어가 입을 맴돈다. 그 느낌을 지나칠 수 없다. 이 고양이 친구를 사진으로 담아야겠다. 찰칵. 다음번 작업은 '평화'라는 영감을 바탕으로 할 것이다. 그리고 그 엽서에는 이 고양이를 담아낼 것이다. 우리 곁 사소한 것이 주는 소중한 영감이다.

봄이 시작되면 이모네 텃밭이 분주해진다. 이모는 밭에 심을 것들을 부지런히 챙긴다. 어느 날 가보면 흙이 뒤집혀 있고, 다른 날 가면 창고에 모종이 쌓여 있다. 며칠 뒤에는 연둣빛 잎사귀들이 땅속에 온천욕을 하듯 몸을 담그고 있다. 이쯤 되면 우리도 토마토, 블루베리 같은 모종을 사서 밭 귀퉁이에 심어본다.

　우리가 할 일은 새순을 골라 따는 것이다. 실은 무엇을 따야 하는지 잘 몰라서 인터넷의 정보만 대략 살펴보고 아무렇게나 따보았다. 그랬더니 웬걸, 토마토가 너무 많이 열렸다. 세 그루를 심었는데 주먹만 한 것들이 주렁주렁 열렸다. 그중 잘 익은 걸 따서 한입 물어보니 그 맛이 참으로 좋았다. 마트에서 사서 먹는 것과는 비교가 되지 않았다. 마구 솎아낸 것치고는 잘 자랐다. 다만 줄기 아래쪽 열매는 물렀던데, 나중에 들으니 어느 열매든 땅바닥에 닿으면 빨리 병이 든단다. 토마토를 키우려면 아래 잎사귀들을 먼저 따주고 나무처럼 위에서 과실이 열리도록 해야 한다. 농사일이랄 것도 없지만, 이렇듯 한 계절은 꼬박 지내고 나야 밭일의 지혜를 터득하게 된다.

텃밭을 가꾸면서 우리가 깨달은 것이 한 가지 더 있다. 바로 흙을 만지면 우리 손끝 감각이 더욱 풍성해진다는 점이다. 본래도 손끝 감각으로 그림을 그리고 종이를 매만져왔기 때문에 우리 부부에겐 손가락의 힘과 감각이 중요하다. 하지만 그림을 그릴 때와 여러 풀들의 새순을 골라낼 때는 그 느낌이 사뭇 다르다. 우리는 밭일을 할 적마다 아주 오래전 잊고 있었던 어떤 감각을 깨운다는 느낌을 곧잘 받곤 한다. 그것은 손끝이 느끼는 감각을 더욱 다채롭게 해준다.

이모가 심은 것은 고추 모종이다. 막 잎을 내고 자랄 때는 '여기서 정말 고추가 열린다고?' 싶다. 이모는 그저 "하하하,

이거 고추 맞아. 나중에 자라면 알게 될 거야"라고만 하신다. 그러다 어느새 하얀 꽃을 밀어내며 뾰루지처럼 올라온 푸른 알맹이를 보고는 고추가 맺히고 자라는 생리를 알게 되었다. 한번 밀고 나온 고추는 성큼성큼 자라 정말 손가락만 하게 자랐다. 고추는 여름 내내 볕을 머금고 살을 찌우며 붉게 익어갔다. 붉은 고추는 잘 말려서 손질한 후에 방앗간에 가져가 빻는다. 열매를 딸 적에는 가늠이 되지 않았는데 고춧가루 양이 제법 많았다. 이렇게 많은 고춧가루를 대체 어디다 쓰나 싶어 이모에게 물으니, 이모는 왜 그런 당연한 것을 묻느냐는 듯 이렇게 말한다. "나중에 김장할 때 써야지."

산의 짙푸름이 점차 옅어질 때쯤에는 바람이 불기 시작한다. 그 바람에서는 파도 소리가 들린다. 차르륵 차악, 차르르 차악… 가을 산 마른 잎들이 자기들끼리 부딪히는 소리다. 겨울로 다가갈수록 바람은 점점 거세진다. 산속 동네라 나무들이 많다 보니 털어내야 할 게 많아서 바람이 이렇게 부는 걸까 싶을 정도다. 이렇게 바람이 휩쓸고 간 자리를 보고 있노라면 여름 내내 다른 나무들 틈에 자리해 있던 소나무들이 눈에 띈다. 노랗고 붉게 물든 산자락에 빼꼼 푸른빛을 띠고 있다. 이제는 숨을 곳 없이 그대로 모든 걸 드러낸다.

그렇게 특별한 것 없이 하루하루가 지나간다. 어떤 날은 산책을 오래 하고, 어떤 날은 청소를 열심히 하며, 또 어떤 날은 하루 종일 태블릿 PC를 놓고 그림을 그리고, 또 어떤 날은 이모네 텃밭을 찾는다. 문득 '우리의 삶에 이런 풍요가 있었던가' 생각한다.

매번 걷는 길이지만 그 길이 주는 느낌이 매일같이 달라지는 것처럼, 우리의 일상도 하루하루 달라진다. 그 틈에서 내가 얻은 '풍요'는 단지 몇 걸음을 더 걸으면서 얻는 '건강'만을 가리키진 않는다. 단순히 돈을 많이 벌 때의 '번창'과도 사뭇 다른 느낌이다. 그다음 날 하루를 살아갈 수 있는 힘과 기운, 에너지를 얻는다고 하면 이해가 가려나. 그것이 서울이 아닌 이곳 태백에서 느끼는 새로움 중 하나다. 우리가 얻은 것에 '아무것도 하지 않을 수 있는 용기'라고 이름을 붙이고 싶다.

무엇이든 풍경이 되는 삶

엽서 / moonrise

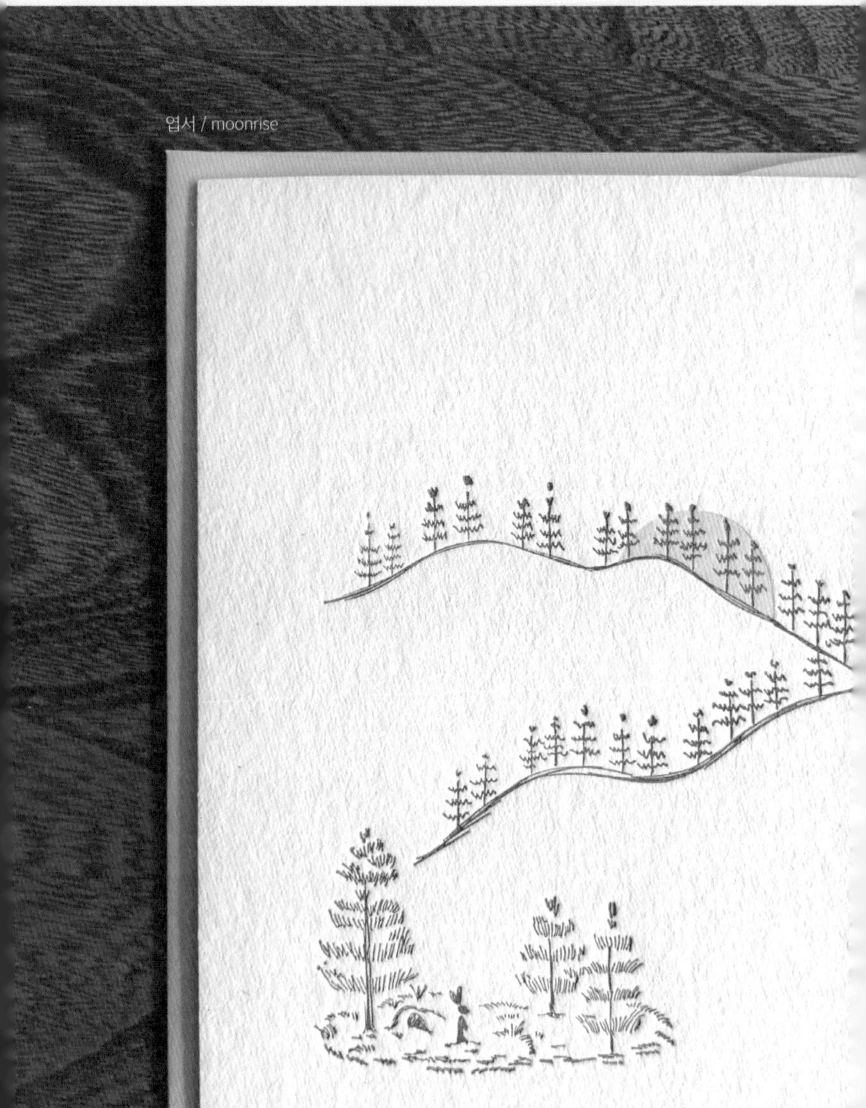

◎

태백에 온 뒤로 주위 사람들에게 받는 질문이 한 가지 더 있다. 바로 '서울에서 하던 일을 멀리 떨어진 태백에서도 계속할 수 있느냐?'는 것이다. '어떻게 태백으로 이주할 생각을 했느냐'라는 질문을 받을 때처럼 대답하기 쉽지 않다. 우리가하는 '레터프레스'라는 일은 서울에서나 여기 태백에서나 늘설명하기 어려운 일이다. 막상 설명을 제대로 하려면 인쇄의역사부터 이야길 꺼내야 하니 그 거창함에 스스로 겸연쩍어진다. 그래서 우리는 으레 '인쇄 관련 일을 해요' '디자인일 합니다' 식으로 얼버무린다.

다만 서울에서 이렇게 답할 때와 태백에서 이렇게 답할때 사람들의 반응은 판이하다. 서울에는 다양한 직종의 일이있다 보니 '그래, 얘들은 특이한 일을 하는구먼' 같은 반응이대부분이다. 이에 반해 여기 태백에서는 '아니, 어떻게 그런일로 먹고 사는가' 하는 식의 다소 의아함 섞인 질문을 듣곤

한다.

서울에서 살 때 우리는 종이 구매와 재단만큼은 을지로를 직접 방문해서 처리했다. 눈으로 직접 보고 잘못된 것이 있으면 그 자리에서 곧바로 응하는 것이 마음이 편했다. 그러나 실상 현장에서 우리가 왈가왈부 대응할 것이라곤 거의 없었다. 재단할 크기를 알려드리면 뚝딱뚝딱 만들어졌고 그 품질이 나쁘지 않았기 때문이다. 그보다는 오히려 사장님들 어깨 너머로 배우는 것이 많아서 거길 찾았다고 하는 게 맞을 수도 있겠다. 그 당시 우리는 인쇄 초짜들이었기 때문에 뭐든 불안했고 그 불안함을 달래고자 두 눈으로 직접 확인하길 택한 것이기도 하다.

태백으로 이주하고 나서는 그 전처럼 을지로에 갈 수 없었다. 어떡하지… 이러지도 저러지도 못하고 있던 어느 날, 아내가 말을 꺼냈다. 더 이상 피할 수 없는 주제였다. "재단이 고민이에요." 우리가 서울에 가지 않고 종이를 구하려면 새로운 방안을 모색해야 했다. 종이집에 종이 구매를 요청하고 그 종이를 재단집으로 보내서 종이를 자른 뒤에, 마지막으로 재단집에서 우리집으로 우편으로 부쳐야 하는 구조다. 이는 우리가 한 번도 해보지 않은 일이다. 아내의 이 같은 제안에 나도 동감했다.

그렇다면 그 업체들에 이야길 꺼내야 하는데… 아내는 눈썹을 씰룩이며 "한번 도전해봐야겠어요!"라고 말했다. 막상 하고 나면 아무것도 아닌 일. 하지만 처음 하는 일은 낯설고 두렵다. 가슴이 두근두근 떨린다. 마치 링 위에 오르는 권투 선수처럼 '할 수 있다! 얍!' 하고는 곳곳에 전화를 돌린다. 그러고 나서 며칠 뒤 문 앞에 재단된 종이가 놓인 걸 보기 전까지 우리는 마음을 졸였다. 결과적으로 그렇게 배송하는 시스템을 갖추니 얼마나 효율적이던지! 종이도 재단도, 직접 방문해서 구매한 것과 다를 것 없이 완벽했다. 태백에 와서 오히려 작업의 효율이 더 좋아진 셈이다(아마 이곳에 오지 않았다면 재단하기 위해 아직도 을지로를 방문하고 있었을지도 모른다).

한편으로는 '이 일을 내 나름 잘 해나가고 있었구나' 싶기도 했다. 을지로를 자주 방문하지 않았더라면 전화로 세세히 작업을 요청하는 건 언감생심이다. 전문가까지는 아닐지라도 적어도 우리에게 필요한 종이가 무엇인지는 알고 있고, 또 그간 여러 사장님들을 만나 들었던 조언, 그리고 을지로 생태계까지 우리가 배워온 게 많았던 것이다. 이처럼 하나씩 몸으로 익힌 것들은 언뜻 별것 아닌 듯 보여도 결국에는 소중한 자양분이 된다.

이뿐 아니라, 우리의 업무 중 큰 비중을 차지하는 것 중 하나는 '미팅'이다. 고객과의 미팅은 이를 준비할 때부터 주문

자를 만나 이야기를 나누고 집으로 돌아와 그 내용을 정리하는 일까지 적지 않다. 사람을 만날 때마다 심호흡을 크게 하고 집을 나서는 우리로서는 태백에서 서울까지 자주 오가야 하는 것이 부담이기도 했다. 하지만 우리가 태백에 온 지 3개월쯤이 지나서 코로나19 팬데믹이 시작됐다. 모든 미팅이 '줌'이나 이메일로 대체되어갔다. 비대면 미팅이라고 마냥 쉬운 것은 아니지만, 그래도 서울까지 나가지 않아도 되니 그게 어디인가. 조금은 숨통이 트였다고나 할까.

우리만의 물류 시스템을 만들고 나니, 그리고 대면 미팅 횟수가 퍽 줄다 보니 작업이 한결 여유로워졌다. 일하다가 '잠깐 드라이브 다녀올까?' 하고 부담 없이 말을 꺼내는 빈도가 전에 비해 늘었다. 서울 송파구에 살 때는 어림도 못 내던 말이다. 거기서는 바로 근방의 남한산성을 오갈 때도 수십 분간 도로에 머물 수밖에 없었는데, 여기서는 단 한 번도 정체를 경험하지 못했다. 정체 없는 도로를 달릴 수 있다는 건 언제나 감사한 일이다. 이곳 태백에서는 내비게이션이 알려주는 시간에 오차란 없다. '왜 밀리지?' '어디 사고 났나?' 같은 생각을 할 필요가 없다. 드라이브는 온전히 드라이브로 끝이 난다. 차 안에서 마실 물만 챙겨 나가면 그것으로 족하다.

시는 내 삶에서 많은 부분을 차지하고 있다. 군대에서 처음 시를 접했고, 시를 읽다 보니 나도 모르게 시가 써보고 싶어 졌다. 전역 후 대학에 입학하기 전까지 시를 공부했다. 문예 창작학과에 진학하고 싶어서였는데 다행히도 받아주는 학교가 있었다. 대학에서는 참 많은 것들을 배웠다. 시, 소설, 희곡의 형식과 서사 구조 등 글쓰기의 기본기를 다져갔다. 하지만 공부는 역시나 체질이 아니었는지, 아니면 다른 이유가 있었던 탓인지 종종 회의감을 느끼곤 했다. 되지도 않을 등단이니 뭐니 하면서 시간을 허비하는 것보다 그저 나의 삶을 살아내고 싶어졌다. 아내도 나의 이런 생각에 동의해주었다.

대학 시절 아내와 나는 시에 대해 자주 이야길 나누곤 했다. 내가 쓴 많은 시 중에 아내는 「무밭에서」라는 시가 가장 좋다고 했다. 이모부가 돌아가시고 장례를 치르러 태백 이모네 들렀다가 지었던 시다. 그 시에는 "담배꽁초를 버려두어도 풍경이 되는 그런 삶을 살고 싶다"라는 구절이 있는데 아내는 여전히 이 구절을 기억한다. 아내는 이렇게 말했다. 담배꽁초는 바닥에 버리면 안 되지만 그마저도 풍경으로 담을 수 있는 삶을 살 수 있는 곳에서 지내고 싶다고. 아마도 이것이 우리가 도시를 떠나 태백으로 오게 된 여러 이유들 중 하나일 것이다.

우리의 작업량은 서울 살 때 더 많았다. 작업실에 마주 앉아 이야기를 나누다 보면 자연스레 해야 할 일들이 많아진다. 해야 할 것들은 산더미 같은데 일에 진척은 없다 보니 쉽게 조급해지고 답답해졌다. 일을 많이 하니 작품 개수는 늘어났지만 정작 무엇부터 해야 할지 일의 순서도 뒤죽박죽이었다. 그때는 우리가 이 일을 시작한 지 얼마 되지 않아서, 혹은 그렇다 보니 아직은 실력이 부족해서 그런 것이라고만 생각했다. 여유가 없는 삶은 우리 자신을 갉아먹었다.

　태백에 이주해서 생활한 지 일 년쯤 지났을 무렵, 아내가 버스를 타고 서울 친구 결혼식을 다녀오더니 불쑥 이렇게 말했다. "서울은 너무 재밌는 곳이에요." 오랜만에 서울 나들이여서 그랬나. 이주한 지 일 년 좀 지난 시점에 이런 말을 하니 의아했다. 아내가 이어 말하길 서울은 놀이동산 같다고 했다. 수많은 인파 속에 묻혀 놀이기구를 타고, 긴 줄을 서서 기다리는 일이 끊이지 않는 곳이라는 말이었다. 볼거리와 먹거리가 지천에 있다. 하지만 우리가 놀이동산에서 살 순 없다는 것이 아내의 요지였다. 분명 서울은 재밌는 곳이지만 우리가 살고 싶은 곳은 아니다.

단순한 삶은 여유를 준다. 여유는 이곳에서 일하는 데에서 가장 좋은 점 중에 하나다. 어떤 일을 하든 애써 뭔가 하려고 하지 않는다. 그려놓기만 하고 아직 작업에 들어가지 않은 작품들이 늘어간다. 예전 같으면 아내를 닦달하며 무리하게 일을 추진하려 들었을 텐데, 이제는 그러한 수고로움이 의미 없다는 걸 안다. 굳이 나의 생각을 아내에게 쏟아내어 아내의 여유로움을 빼앗는 것은 아닌지, 그렇게 서로의 여유를 빼앗아 얻는 것은 또 무엇인지… 우리는 서울에 살 때 이미 많이 빼앗겨보지 않았던가.

어느 날엔가 아내와 함께 침대에 걸터앉아 빨래를 개다가 보풀이 일어난 양말을 붙들고 한참을 떼어낸 적이 있다. 그러고 있는 우리의 모습이 재밌게 느껴져, 나중에 그림으로 한번 그려봐야겠다고 생각했다. 아니, 재밌어서 그려봐야겠다는 마음이 든 것일까, 혹은 그 모습이 그저 마음에 들어서 그랬던 것일까.

머릿속에 영감이 떠오른다는 것을, 예전에는 열심히 무엇인가를 궁구하면서 가까스로 얻어내는 것이라고만 생각했다. 그러나 지금은 조금 다르다. 내 마음속에 호수 같은 게 있다. 그 호수의 수면 위로 무언가 부웅 하고는 떠오른다. 그것이 빼꼼 얼굴을 내민다. 그 무엇이 바로 영감이다. 이곳 태백에 와서야 나에게 영감이란 무엇인지, 그것을 어떻게 얻을 수 있는지를 생각할 수 있었다. 이곳에서 살길 참 잘했다는 생각이 든다.

첩첩산중을 넘어 굽이굽이 험한 길들을 거쳐야 하고, 과연 이곳의 지하자원이 아니었다면 누가 여기에서 살려고 했을까 궁금해질 무렵, 태백이라는 도시가 그 위용을 드러낸다. 그 고도(高蹈)의 도시에는 무척 귀한 손을 가진 부부 작가가 살고 있다. 그들은 자연을 주제로 한 그림을 그리고 그 그림을 동판에 담아 이를 종이 위에 표현해내는 '레터프레스' 일을 한다.

그들의 작업을 사진에 담기 위해 찾아간 어느 봄날, 그들이 보여준 작업실 겸 자택은 무척 단아한 모습이었다. 공정 순서대로 사진을 찍으면서는, 하나하나 세심하게 신경 써야 하는 일들을 그들이 능수능란하게 처리해내는 모습에 깊은 인상을 받았다. 무수히 복잡하고 지난한 과정을 인내해내 자신의 삶으로 체득해낸 이가 '장인'이라면, 이제 갓 삼십 대가 된 이 청년 두 사람에게도 같은 칭호를 붙일 수 있지 않을까 생각했다.

그들은 자신들이 전통적인 직업 관념에 크게 얽매이지 않는다고, 또한 자신들이 이 업을 택한 이유가 단지 '우연'일 뿐이라고 말한다. 하지만 아무리 봐도, 이 책을 모두 읽고 난 이들이라면 이들이 '천직을 구했다'라고 생각할 것이다. 그렇지 않고서야 이리도 험한 일을 노래를 흥얼거리며 해낼 수 있으랴. '어느한장면' 이동행, 이문영 작가 부부의 삶이 다른 이들에게도 작은 감흥과 생각거리를 주리라 믿는다.

조금 다른 이야기를 해보려고 합니다. 처음 듣는 지명, 낯선 사람, 생소한 사물 들이 등장해도 놀라지 마세요. 몰랐던 사실을 알게 되고, 이미 알던 것도 새롭게 보일 테니까요. 어쩌면 평소 접하지 못하고 또 그냥 지나치기 쉬운 사연들 속에 지금 내가 살아가는 생생한 모습이 담겨 있을지도 모릅니다. 찬찬히 보면 우리 둘레에는 함께 나눌 만한 매력적인 것들이 참 많습니다. 서울이나 수도권, 대도시가 아닌 곳에도 자신의 생활과 일을 아름답게 가꾸는 사람들이 있습니다. 세상에 많이 알려지지 않았지만 시간의 풍화를 견디고 새로운 파도를 타고 온 지역의 삶을 여행처럼 만나보시길 바랍니다.

강원도 고성의 온다프레스, 충북 옥천의 포도밭출판사, 대전의 이유출판, 전남 순천의 열매하나, 경남 통영의 남해의봄날. 다섯 출판사에서 모은 반짝이는 기록들을 소개합니다. 각 지역의 다채로운 이야기가 진솔하고 한결같은 형태로 모인 것은 안삼열 디자이너의 손길 덕분입니다. 앞으로 이어질 '어딘가에는' 책들도 많이 기대해주세요

어딘가에는 아마추어 인쇄공이 있다

초판 1쇄 발행 2022년 7월 7일

지은이　이동행
펴낸이　박대우
펴낸곳　온다프레스
등록　　제434-2017-000001호(2017년 10월 20일)
주소　　24756 강원도 고성군 토성면 아야진길 50-3
전화　　070-4067-8645
팩스　　050-7331-2145
메일　　onda.ayajin@gmail.com
인스타그램 @onda_press

제작　　제이오
인쇄　　㈜민언프린텍
제책　　다온바인텍
물류　　해피데이

ⓒ 이동행 2022
ISBN 979-11-979126-0-3 03810

* 사진·일러스트 크레딧
  6, 52, 64, 72, 77, 82, 93~104 ⓒ 성지희
  12, 20, 28, 36, 47, 88, 89, 106, 116, 126, 136, 146, 본문 일러스트 ⓒ 어느한장면